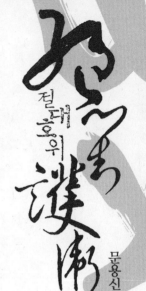

절대호위

문용신 新무협 판타지 소설

FANTASTIC ORIENTAL HEROES

절대호위 3

문용신 新무협 판타지 소설

초판 1쇄 찍은 날 § 2014년 9월 26일
초판 1쇄 펴낸 날 § 2014년 10월 2일

지은이 § 문용신
펴낸이 § 서경석

편집부장 § 권태완
편집책임 § 한준만

펴낸곳 § 도서출판 청어람
등록번호 § 제1081-1-89호
등록일자 § 1999. 5. 31
어람번호 § 제2-2534호

주소 § 경기도 부천시 원미구 심곡2동 163-2 서경B/D 3F (우) 420—822
전화 § 032-656-4452   팩스 § 032-656-4453
http://www.chungeoram.com
E-mail § chungeorambook@daum.net

ISBN 979-11-316-9226-4 04810
ISBN 979-11-316-9156-4 (세트)

집 무 호우

護衛

3

문용신 新무협 판타지 소설

FANTASTIC ORIENTAL HEROES

도서출판 청어람

第一章

엇갈린 길

공자님, 신이 날 싫어하나 봐요. 한 번도 기도한 대로 이루어진 적이 없어요.

　후후, 그래? 그럼 너도 같이 신을 싫어해 버려. 틀림없이 효과 있을 거야.

—시시의 말에 외수가

　귀찮은 시비가 있었던 탓에 갈 길이 늦어져 버린 범태산은 아예 일찌감치 두 아우와 노숙을 택했다.

　어둠이 찾아든 산자락.

　"대형, 뭘 그렇게 생각하시오?"

　범태산은 화적룡이 피운 모닥불에 멍하니 눈을 둔 채 깊은 생각에 잠겨 있다가 북소천의 물음에 슬그머니 고개를 돌렸다.

　"음, 아까 그 노인 말이다. 정체가 무엇이었을까?"

　"여태 그걸 생각하고 있었소? 알 게 뭐요. 천하에 숨은 고수가 얼마나 많은데."

"아니다. 아무리 은둔 고수가 많아도 그와 같은 무력을 지닌 인물은 쉽게 나타날 수가 없지! 거기다 이쪽에서도 모르는 인물이라니. 그만한 고수가 알려지지 않았다는 게 이상하잖아!"

"무슨 생각을 하는 거요? 혹시 부교주를 생각하는 거요?"

"음, 솔직히 그렇다."

"그럴 리가 있소? 노인이었잖소. 체격과 인상도 다르고. 또 부교주였다면 우릴 외면했을 리가 없잖소. 그 궁외수란 청년에게 검을 내밀었을 때도 전혀 딴청만……."

"아니야. 일부러 모른 척했을 수도 있지. 만약 축골공 따위로 변체환용해 신분을 숨긴 것이라면 우리가 모르는 사정이 있을 수도 있는 거고."

"에이, 설마!"

화적룡도 부정적인 표정을 했다. 그러나 범태산은 가만히 고개를 저었다.

"음, 수상한 게 한두 가지가 아니야. 그런 엄청난 무위를 보일 수 있는 사람이 천하에 몇 없고, 검이 반응했던 그 청년과 같이 있었다는 점도 이상하지 않느냐. 지금에서야 느끼는 것이지만 어쩐지 그의 음성도 귀에 익은 듯해! 내가 멍청했어! 그때 그를 쫓아가 확실히 확인했어야 하는 것을. 쯧!"

범태산은 후회스럽다는 듯 자책하며 자신의 머리를 툭 쳤다. 그런데 그때 자신의 칼과 허벅지에 걸쳐 두고 있던 검이 강한 떨림이 일어났다.

지이이이잉!

낮에 있었던 검명보다 더 강렬한 울음. 범태산은 반사적으로 자리를 박차고 일어났다.

"대형?"

북소천과 화적룡도 따라 일어났다.

"오셨다, 부교주께서! 틀림없어!"

사색이 된 범태산은 몸까지 덜덜 떨었다.

그 말을 증명하듯 짙은 어둠 속에서 한 사람이 나타났다.

두 눈을 부릅뜨고 주시하던 북소천이 그를 확인하고 소리쳤다.

"그 노인이잖소."

뒷짐에 나귀의 고삐를 쥐고 느긋이 걸어오는 노인. 그저 짐작만 했을 뿐인데 정말 그가 나타난 것이다.

"날 왜 찾는 것이냐?"

어둠 속을 날아오는 장중한 목소리.

"처, 첩… 혈사왕 부교주! 부교주가 맞는 겁니까?"

범태산이 더듬댔다.

대꾸는 다시 날아오지 않았다. 하지만 보란 듯이 그의 신형이 변화를 일으켰다.

우두둑, 두둑!

구부정하던 허리가 펴지고 어깨가 벌어지고 얼굴까지 변

하는 노인. 한걸음씩 내디딜 때마다 노인의 형체는 흔적도 없이 사라지고 건장한 중년의 사내가 다가서고 있었다.

"부교주?"

지척에서 확인한 범태산은 감격에 겨워 어쩔 줄 몰랐다. 건장한 체격에서 내뿜는 안광. 마도 통일의 주역이자 일월천 교도에겐 부와 영광을 한꺼번에 안겨준 신과 같은 존재.

범태산이 그대로 엎어져 머리를 처박자 얼이 빠져 있던 북소천과 화적룡이 따라서 엎어졌다.

"철혈마군 팔군 대장 범태산이 첩혈사왕 부교주께 인사 올립니다. 이렇게 위대한 존재를 다시 뵙게 되어 감개가 무량합니다. 즉시 알아보지 못한 죄 용서하십시오."

"흠, 개소리 말고 날 찾은 이유나 말해!"

거친 말투. 철혈마군을 이끌던 그때의 거침없는 성격 그대로였다.

"절 알아보시겠는지요?"

"내가 널 알아야 돼?"

"그, 그건 아니지만⋯⋯."

"이 시키가?"

범태산은 고개를 들었다가 숨이 멎을 뻔했다.

"교, 교주께서 찾으십니다."

"그 영감이 왜?"

여전히 험악한 음성. 자신을 찾아 귀찮게 한 것이 화가 난 모양이었다.

범태산은 머리를 더 깊이 조아렸다.

"교주께서 천수가 얼마 남지 않으셨습니다."

"그래서 어쩌라고. 와서 유언이라도 들어달라는 거야 뭐야? 영감태기가 늙으면 죽는 건 당연한 거잖아!"

"그게 아니라 교의 안위마저 위태로운 상황입니다."

"일월천이 왜 위태로워?"

"다시 분열 조짐을 보이고 있습니다."

"분열이라니? 늙은 교주가 오락가락한다고 분열을 해? 후계자인 '북천마군(北天魔君)'도 있잖아! 어떤 놈이 불만을 품어?"

"부교주께서 떠나시고 난 뒤 점진적으로 보여 온 조짐입니다. 현재는 통합됐던 각 세력이 파벌을 이루고 교주 사후만 노리고 있는 것으로 파악되고 있습니다."

"말도 안 되는 소리! 일월천의 전체 지휘 체제가 잘못됐다면 모를까, 원로원부터 시작해 호법전, 밀령각, 호교원, 첩정각, 무력부까지 각 조직이 버젓이 버티고 있는데 어느 인간이 감히 분열을 꿈꿔?"

"부교주께서 떠난 지난 세월 교주께서 융화정책을 쓰신 탓입니다. 교주께서는 복속된 각 세력의 불만을 방지하려 균등한 지위 배분과 기회를 보장하셨는데, 시간이 흘러 지금은 각 조직의 주요 위치에서 실력을 행사하게 되었고 그 힘을 바탕으로 서서히 과거로의 회귀를 도모하고 있는 것입니다."

"그래도 그렇지, 그들이 가진 힘이라고 해봐야 일월천에 비하면 조족지혈(鳥足之血)밖에 안 될 텐데 그걸 못 눌러 다스린단 말이냐."

"놈들이 보란 듯이 저희들끼리 똘똘 뭉쳐 연대하고 있기 때문입니다. 거기다 사조직까지 키워 스스로를 보호하고 있기에 더욱 찍어 누르기가 쉽지 않은 상황으로 사료됩니다."

"멍청한 영감태기! 적어도 한 세대 이상은 철저히 억압정책을 쓰라고 그렇게 일렀거늘!"

첩혈사왕이 한심하다는 듯 혀를 차자 범태산이 즉시 말을 이었다.

"북천마군께서도 이 위기사태를 부교주만이 해결할 수 있다면서 무슨 일이 있어도 찾아 모셔오라 명하셨습니다."

"미친놈! 제 놈이 망쳐 놓고 왜 날 찾아? 등신 같이 그런 것 하나 해결 못하고. 가서 전해! 돌아갈 일 없으니 알아서 하라고. 난 여기서도 바쁜 몸이야. 만약 내 말을 어기고 또 날 찾아오는 놈 있으면 누구든 목을 쳐 버릴 테니까 그것도 틀림없이 전하고!"

"부교주?"

첩혈사왕이 떠나려하자 당황한 범태산이 무릎걸음으로 기어 쫓았다.

"부교주, 어찌 이러십니까? 삼 년을 찾아 헤맸습니다. 이렇게 훌쩍 떠나 버리시면……?"

"그럼, 너랑 손잡고 여기 앉아 놀기라도 하랴? 두 번 말하게 하지 말고 돌아가서 내 말이나 똑똑히 전해! 네가 들고 온 그 검을 내가 일월천에 두고 떠난 의미를 잊지 말라고!"

잠깐 돌아섰던 첩혈사왕이 무시무시한 살기만 뿜어놓고 다시 어둠 속으로 떠나갔다.

범태산은 움직이지 못했다.

북소천과 화적룡이 애를 태웠다.

"대형, 쫓아가야 하지 않겠소?"

범태산은 무릎을 꿇은 채 짧게 고개를 흔들었다.

"어림없는 소리!"

"왜요?"

"그를 쫓아갔다간 우린 가차 없이 그 자리에서 죽는다. 잊었느냐? 그 어떤 누구에게도 관대하지 않은 사람! 세상에서 가장 매섭고 냉혹한 존재가 바로 그라는 것을."

"그럼 어떡합니까? 그의 말대로 우린 여기서 돌아가야 하는 거요?"

"그럴 수밖에. 우리로선 그를 찾은 것만으로도 위안 삼아야지. 그가 거부하는 이상 나머진 우리가 할 수 있는 일이 아니다. 위에 맡기자."

"하지만 너무 아쉽소. 이렇게 눈앞에 보고서도 그냥 돌아가야 한다니."

"용빼는 재주 있으면 쫓아가 한 번 매달려 보든가."

"에잇, 그런 섬뜩한 농담을!"

"일어나자! 급한 사안이니만큼 오늘밤은 길을 재촉하는 게 좋겠다."

"그럽시다. 쩝!"

세 사람은 급히 자리를 정리해 일어나면서 길게 이어지는 아쉬움을 떨치지 못했다.

*   *   *

객잔의 객방 치곤 꽤나 큰 실내.

외수는 또 깊고 긴 잠을 잤다. 온전하지 못한 몸 상태가 많은 잠을 요구하는 모양이었다.

커다란 창으로 쏟아져 들어오는 햇살이 눈을 시리게 했다.

누군가 그 쏟아지는 햇살 속에 앉아 있었다.

손수건이 감긴 목에 답답함을 느낀 외수는 잔기침을 하며 일어났다.

"깨셨어요?"

시시의 목소리. 언제나 잠에서 깨면 가장 먼저 들리는 목소리였다.

"으음, 뭐하고 있었어?"

"그냥 햇살이 좋아 밖을 내다보고 있었어요."

어느 때와 다른 차분한 목소리. 외수는 부신 눈으로 그녀를 보려 애를 썼다.

어느새 마실 물을 가져와 지키고 선 그녀. 표정도 바뀌었다. 언제나 가득하던 환한 미소가 보이지 않았다.

외수는 침대에 걸터앉은 채 물을 받아 마신 후에야 제대로 눈을 떴다.

"음, 너무 오래 잤군."

"많이 주무셔야 해요."

외수는 물 잔을 건네받아 걸어가는 시시에게서 무언가 달라진 것을 느끼고 고개를 갸웃했다.

"옷을 갈아입었네?"

대답 없이 살짝 돌아서 작은 미소만 보이고 마는 시시.

발등까지 덮은 긴 치마와 하늘대는 소맷자락. 백설을 사고 난 뒤 불편하다며 벗어두었던 옷이었다.

"분위기가 왜 이렇지? 그 옷은 뭐야?"

"늘 입던 옷이잖아요."

"최근엔 입지 않던 옷이잖아. 시녀 같아!"

"시녀인걸요, 저는."

"……?"

멀뚱해진 외수. 착 가라앉은 말투에 눈길조차 마주하지 못하는 그녀가 아무래도 수상했다.

"시시, 무슨 일 있어? 내가 뭘 잘못한 거야? 아니면 그 편무결이란 사람에게 나쁜 말이라도 들었어?"

"아니에요, 공자님! 그럴 리가요."

"그럼 왜 그래? 무척 우울해 보이는데."

"잘못보신 거예요. 전 괜찮아요. 식사를 준비시킬 테니 씻고 내려오세요."

황급히 나가 버리는 시시.

"음!"

외수는 문을 째려보며 까닭을 생각해 보았지만 알 길이 없었다.

*　　　*　　　*

"무결 오라버니?"

대륙천가 귀빈관에 머물고 있는 편가연은 거의 오 년 만에 나타나 자신을 찾아온 편무결을 확인하고 왈칵 울음이 터질 뻔했다.

하인의 안내를 받으며 안으로 들어서는 사내. 계집처럼 곱상한 건 여전했지만 더 커진 체격에 늠름해진 모습. 열여덟 살 때 보고 못 본 그가 틀림없었다.

"야아, 이 녀석! 몰라보게 컸구나. 이렇게 아름다운 숙녀가 되었다니. 하하하하!"

호방한 웃음. 그러나 편가연은 그간의 억눌린 설움에 북받쳐 결국 눈시울부터 뜨거워지고 말았다.

"오라버니! 흑흑!"

"이런! 내가 너무 늦게 나타난 게로구나. 눈물부터 보이다니."

"도대체 어디에 있다가 이제야 나타나는 거예요?"

"미안, 미안! 필요할 때 네 곁을 지켜주지 못했구나. 내가 무심했어. 정말 미안하다."

환한 미소, 따스한 눈길. 언제나 다정했던 세 살 위의 사촌 오라비. 삼 년 전 느닷없이 몇 글자만 남기고 섬서 무가를 떠났다던 그가 스물다섯 살의 멋진 청년이 되어 거짓말처럼 눈앞에 다시 나타나 있었다.

"그런데 어떻게 여길 나타난 거예요?"

"응, 무림 행사가 있는 남궁세가로 가는 길에 네가 여기 있단 얘길 듣고 곧장 왔다. 그동안 많이 힘들었지? 떠났다 돌아온 후에 바로 너부터 찾았어야 하는 것을."

"도대체 집은 왜 떠났던 거예요?"

"으음, 그건 그냥… 세상을 돌아보고 싶어서……."

머뭇대는 편무결. 말하기 곤란해 하는 눈치였다.

"여행치곤 너무 길잖아요. 삼 년이 넘게 소식도 없이! 언제 돌아온 거예요?"

"한 달이 조금 못 되었다. 연아, 일단 어디 가서 앉자! 조용한 데서 단둘이서만 얘기하고 싶구나."

"그래요. 이쪽으로 오세요."

편가연은 호위장 담곤 등이 지키고 선 자신의 방으로 무결을 안내했다.

잘 가꾸어진 후원이 내려다보이는 창가.

귀빈관 시녀가 준비해 온 차와 다과를 사월이가 받아 탁자에 내려놓는 동안 편무결은 따스한 미소만 지은 채 묵묵히 편가연을 보았다.

"차부터 드세요, 오라버니!"

"연아, 오는 동안 사고가 있었다고?"

"그걸 오라버니가 어떻게 아세요?"

"정안에서 시시를 만났었다."

"시시를… 요?"

끄덕끄덕.

"궁외수라는 친구와 같이 있더구나."

놀란 편가연의 눈길이 슬그머니 떨어졌다. 그리고 안색도 급격히 어두워졌다.

편무결이 가만히 보고 있다가 물었다.

"그렇게 고개를 떨어뜨리는 이유를 물어도 될까?"

"……."

편가연은 대답하지 못했다.

"연아?"

편무결이 다정한 음성으로 다시 불렀을 때에야 편가연은

고개를 들었다.

"어떻던가요?"

"궁외수라는 그 친구 말이냐? 부상을 안고 있다곤 해도 괜찮아 보이더라. 아주 많이 다쳤다고 들었는데."

다시 무겁게 떨어지는 편가연의 고개.

편무결이 자신의 짐작을 확인했다.

"그에게 마음의 짐이 있는 것이냐?"

"……"

"네 정혼자라던데."

힘겨운 듯 옆으로 고개를 돌린 편가연이 혼자 읊조리듯 느릿느릿 두서없이 말했다.

"도움을… 받았어요. 절체절명의 순간에. 내가 내친 사람이 날… 그가 날 구해줄 수 있을 것이라곤 생각지도 않았는데… 온몸을 던져 피투성이가 된 채… 그처럼 매몰차고 가혹하게 혼약을 파기하고 내쫓았는데."

"흠, 그 얘긴 시시에게 들었다. 멋진 친구더구나. 후기지수들과 마교인 간에 엉뚱한 실랑이가 있어 거기에 뛰어든 그를 볼 수 있었다. 자신의 믿음에 주저함이 없었고 명백한 위협 앞에 두려움도 없더군. 그런 친구는 드물지."

"……"

고개를 들지 않는 편가연. 그처럼 처연해 보일 수 없었다. 편무결은 그런 그녀의 모습에 가슴이 아팠다. 아버지를 잃고 혼자가 되어버린 그녀. 그 큰 세가까지 떠안고 힘들어하는 그녀가 애처롭기만 했다.

편무결은 힘을 내어 말했다.

"연아. 너답지 않게 바보 같다. 마음의 미안함이 있으면 원인을 해결하면 되지 않느냐. 왜 털어버리지 못하고 있는 거야?"

"그럴 수가 없어요. 그의 마음을 너무 크게 다치게 했어요."

"음, 실수를 했으면 그에 맞게 사과하면 되지. 그가 받아주지 않을 것이라 겁이 나는 것이냐?"

"네, 받아주지 않을 거예요."

"해보지도 않고?"

"그에겐 돌이킬 수 없는 상처일 거예요. 저는 너무나 냉혹했어요."

"이상하구나. 내가 본 그 친구는 그런 것에 상처받고 낙심할 사내 같지 않던데? 그런 친구였다면 널 따라와 구해주지도 않았겠지. 잘못 생각하고 있는 건 아니냐. 그 친구는 그런 수모를 받고도 자기가 뱉은 약속을 지키려 하는데, 오히려 선대가 정한 약속을 파기한 너는 그저 미안하단 이유로 자신을 속이고 있는 건 아닌지. 시도해 보지도 않고 말이야. 그에게 고맙단 말은 했느냐?"

말없이 고개만 가로젓는 편가연.

편무결이 인상을 찌푸렸다.

"정말 바보 같구나. 사과란 상대가 받아줄까 염려하는 게 아니라 자신의 진정성을 보이는 것임을 알면서 그러느냐. 그가 고맙고 네가 잘못했다 생각한다면 너보다 그를 먼저 생각해야 한다. 파기한 혼약보다 고맙고 미안한 네 마음을 전하는 것이 먼저란 뜻이야. 설령 그의 마음이 풀어지지 않더라도 너는 너를 보여야 해. 혼자 아파하는 것도 그 미안함만 더 쌓아가는 것이야."

"오라버니!"

한없이 고개를 떨어뜨린 편가연의 눈에서 눈물이 주르륵 흘렀다.

그런 그녀를 보는 무결의 눈시울도 뜨거워졌다.

"이런 안타깝고 불쌍한 녀석!"

*   *   *

"할아버지, 여긴 어디에요?"

낭왕 염치우의 팔을 잡고 걷는 '염반야(廉般若)'는 갑자기 복잡하게 들려오는 여러 가지 소리에 호기심을 보이며 귀를 기울였다.

"화양(華樣)이란 도시다. 정안과 회령 사이에 있는 곳이지."

"큰 도시인가 봐요. 복잡한 소음도 그렇고 여러 가지 다양한 냄새가 나요."

"아주 크진 않지만 주변에 큰 도시가 많아서 같이 번성했고 오가는 사람들이 많은 곳이란다."

거구에다 한 손에 두 자루의 흉물스런 판부(板斧)를 든 낭왕 염치우가 자상하게 대답해 주었다. 거친 성격의 그가 세상 유일하게 자상함을 보이는 대상은 바로 자신의 손녀 반야뿐이다. 어릴 때 독에 당해 실명한 이후로 그녀의 손과 발이 되어주는 것에 삶을 다하는 그였다.

그런 낭왕 염치우를 데리고 나온 무림삼성은 그 사연을 잘 알고 있었기에 두 사람을 보며 측은한 눈길을 감추지 못했다.

낭왕의 아들 부부가 죽은 건 반야가 네 살 때 일이었다.

십사 년 전, 전혀 알려지지 않았던 '두원용(斗元庸)'이란 미치광이 살인마가 갑자기 나타나 잠깐 중원을 휩쓸었다. 듣도 보도 못한 괴이한 독공(毒功)을 사용해 수많은 살인을 저지른 그는 관군과 무림인에게 쫓겨 낭왕 아들의 집 담을 넘었고, 어처구니없게도 배가 고파 밥을 훔쳐 먹다 들키자 아무런 원한도 없던 낭왕의 아들 부부를 살해한 것이다.

더 어이가 없는 건 낭왕의 아들은 아버지와 달리 무인이 아니라 작은 상단을 운영하는 장사꾼일 뿐이었다는 점이고, 그들을 죽인 것도 모자라 어린 반야에게까지 손을 썼다는 점이었다.

결국 두원용은 추격해 온 의천육왕의 한 사람, 창왕 양사신(梁思信)에게 무참한 죽임을 당하긴 했으나 낭왕 염치우가 도착했을 땐 손녀 반야만 간신히 숨어 붙어 있었을 뿐이었다.

그 후 낭왕은 독을 당한 반야를 치료하기 위해 사 년여에 걸쳐 신의를 찾아 천하를 돌아다녔고, 마지막엔 자신의 전 재산까지 걸어 독을 풀어줄 자를 찾았지만 끝내 완전한 해독까진 하지 못하고 실명을 떠안을 수밖에 없었다.

오는 동안 구대통에게 그 사실을 들은 미기도 반야를 보는 눈길이 애처로웠다.

"할아버지, 배고파요."

"그래? 뭘 먹고 싶으냐?"

"근처에 소면집이 있나 봐요. 아주 맛있는 육수 냄새가 나요."

주위를 두리번거리는 낭왕.

하지만 구대통이 먼저 소면 가게를 확인하고 그쪽으로 걸어갔다.

"그래, 우리도 배가 고프구나. 소면이나 먹고 가자!"

산속 생활만 했던 반야가 반갑게 웃었다.

"주인, 여기 소면 여섯 그릇 내어주게!"

가게 앞 탁자를 차지한 구대통은 일행이 와서 앉기도 전에 소리부터 질렀다.

정말 향긋한 국물 냄새가 코를 찔렀다. 아직 점심나절이 멀었는데도 가게 안쪽엔 손님이 제법 있는 걸로 봐선 이름난 집인 듯했다.

반야는 낭왕이 자리로 안내해 앉혀주자 가늘고 뽀얀 두 손으로 탁자 위를 조심조심 더듬었다. 그러곤 가운데 놓인 찻잔을 가져다 놓고 차호(茶壺)를 들어 찻물을 따르기 시작했다.

쪼르르르.

언제나 엷은 미소를 띠고 있는 그녀. 커다란 눈망울을 깜박대며 찻잔이 채워지는 소리에 귀를 기울이더니 아주 적당한 양을 따라놓곤 차호를 내려놓았다.

"할아버지, 드세요."

"오냐, 고맙구나."

반야가 두 손으로 찻잔을 들어 건네자 받아드는 낭왕.

그 모습을 보고 있던 구대통이 부럽다는 듯 한마디를 중얼거렸다.

"그것참, 아이의 눈이 저리 맑고 깨끗한데 볼 수가 없다니, 믿기지가 않는군."

미기와 나란히 앉은 명원도 고개를 끄덕이며 낭왕에게 물었다.

"어떻게 된 거냐? 끝내 고칠 수 없는 것이냐?"

"그렇소. 하나같이 독을 분석할 수가 없어 치료가 불가능하다고 했소."

"사천 당문이나 독곡엔 데려가 봤더냐? 독의 분석이 먼저라면 그들이……."

낭왕이 명원의 말을 잘랐다.

"안 해봤을 것 같소? 그놈들에게도 직접 제조한 자가 아니면 알아내기 어렵단 소리만 들었소. 흥, 빌어먹을 녀석들! 그러고도 제 놈들이 독에 대해 천하제일이라 지껄이고 있다니! 쓸모없는 것들!"

"음, 그들조차 알아내지 못할 정도의 복잡한 독이라니. 쯧쯧!"

"두원용이란 그놈이 마도 쪽 종자 같다고 해서 마도 지역도 샅샅이 훑었었소."

"맞아, 그랬었지! 그때 그놈의 정체가 마도인 같단 말이 돌았었어. 그래서 어떻게 됐어?"

"마찬가지였소. 독에 대한 정보는 얻을 수가 없었소."

"쯧쯧!"

구대통과 명원이 안타까운 듯 혀를 차자 반야가 방긋이 웃었다.

"저는 괜찮습니다. 걱정하지 마세요."

"그래, 네가 밝아서 다행이다. 사정이 그렇지만 널 보아하니 걱정 따윈 안 해도 될 듯하구나."

쪼르르. 쪼르르…….

반야는 나머지 찻잔을 채워 명원과 무양, 구대통 앞으로 밀어놓았다. 비록 보이진 않았지만 소리만으로 각자의 위치를 정확히 파악하는 게 신기했다.

"공주님도 드세요."

"됐어! 너나 마셔!"

괜히 심통이 난 미기였다.

구대통이 콧방귀를 뀌며 말했다.

"됐다. 관둬라. 그놈은 그냥 맹물을 마셨으면 마셨지 이런 곡물로 끓인 차 따윈 안 마신단다."

"호호, 그렇겠네요. 입에 맞으실 리가 없죠. 그런데 신기해요. 제가 공주님과 같이 앉아 있다니."

"신기할 것 없다. 너보다 못생겼고 성질도 더러우니까!"

미기가 바로 구대통을 쩨렸다.

"어머? 그럴 리가요. 옆에서 느끼는 것만으로도 얼마나 예쁘고 고운 분인지 알 수 있는걸요."

"흥, 거짓말! 네가 어떻게 알아? 볼 수도 없으면서."

"정말이에요. 공주님을 스치는 바람이 제게 알려줘요. 눈꺼풀의 움직임, 말할 때의 입모양, 걸음을 옮길 때 발소리, 그 모든 것들이 제게 공주님이 어떻게 생겼고 어떤 자세를 가진 분인지 알려주지요. 공주님은 키는 저보다 조금 작고 큰 눈망울과 오뚝한 코를 가진 귀엽고 예쁜 분이시죠? 겉으론 덜렁대는 것 같은데 걸음걸이 등 몸가짐에선 은연중에 귀한 신분임이 드러나요."

반야의 말에 구대통이 탄성을 발했다.

"이야, 대단하구나. 눈 뜬 우리보다 낫다."

명원도 동의했다.

"그러게요. 저 정도의 감각이라니. 보통 아이와는 다르군요."

확실히 반야는 독특했다. 예쁘고 다소곳한 용모뿐 아니라 섬세하고 침착한 성격에 뛰어난 감각. 살인마에게 부모가 죽고 자신의 시력마저 빼앗긴 아픈 과거가 있지만 항상 웃음기를 잃지 않는 해맑은 얼굴만을 보였다.

그 때문에 보는 사람으로 하여금 편안케 하는 아이. 늘 흐트러지지 않는 변함없는 모습에서 되레 숭고함이나 신비감까지 느끼게 하는 소녀였다.

소면이 나오자 반야는 마치 처음 대하는 귀한 음식처럼 정말 맛나게 먹었다. 지켜보는 구대통이나 명원이 안쓰러움을 지우지 못했다.

"언제까지 산속에 처박혀 살 것이냐. 자주 좀 데리고 나오도록 해라."

"……."

구대통의 말에 낭왕 염치우는 대꾸하지 않았다.

그때, 구대통이 낭왕의 어깨 너머로 우르르 몰려오는 군상들을 발견했다.

"어라, 저것들 화산파와 공동파의 아이들 같은데?"

무양이 돌아보고 고개를 끄덕였다.

"그렇군. 대회 때문에 남궁세가로 가는 모양이군."

"맞아. 올해 애들 대회가 있다고 했었지. 그런데 왜 다들 죽상이야? 강도에게 주머니라도 털린 놈들처럼."

무림삼성이 그들을 보고 있을 때 후기지수들을 거느리고 걸어오던 화산신검 문여종이 세 사람을 발견하곤 허겁지겁 달려와 머리를 조아렸다.

"세 분 존장께 인사 올립니다."

다른 자들도 다급히 달려와 저마다 인사말을 늘어놓았다.

그들을 하나하나 쓸어보던 구대통이 못마땅한 눈초릴 했다.

"황산으로 가는 길이냐?"

"그, 그렇습니다. 여기서 뵙다니, 남궁세가로 걸음하시는 중이십니까?"

"아니다. 그런데 인사가 왜 이리 짧아? 네놈 눈엔 우리밖에 보이지 않느냐?"

구대통의 핀잔에 문여종의 눈이 힐끔 낭왕 염치우에게로 돌아갔다. 그리곤 미처 몰라봤다는 듯이 무척이나 어색한 동작으로 뒤늦은 인사를 했다.

"아이고, 염치우 선배께서도 계셨군요. 대존장을 뵌 탓에 정신이 없어 큰 결례를 범했습니다. 화산파의 문여종이 인사

여쭙겠습니다. 은거하셨다 들었는데 강녕하셨는지요?"

얼굴은 웃고 있었지만 문여종의 마음속엔 불만만 가득했다. 그를 별로 좋아하지 않기 때문이었다. 문여종뿐 아니라 명문대파라 일컬어지는 구대문파와 오대세가 사람들은 그를 인정하고 싶지 않아 했다. 거친 성격도 그렇지만 뿌리가 없는 그의 내력이나 청부로 먹고 살던 낭인 출신이란 점이 맘에 들지 않아서였다.

거기다 낭왕이 지닌 강력한 무위와 오만한 태도도 명문 정파인들의 자존심을 상하게 했다.

당연히 문여종은 낭왕을 알아보았다. 무림삼성과 같이 있는 인물에게 어찌 주의를 기울이지 않았으랴. 특별한 그의 외모만으로도 이미 알아보고 있었으나 명문의 존장으로서 자존심 때문에 먼저 인사하기 싫어 모른 척했던 것이었다.

낭왕도 그런 이유들을 알고 있어 문여종을 힐끔 돌아보는 것으로 그쳤다.

"낭궁세가로 가시는 길이 아니라면 어디로 행차하시는 길이신지요?"

"그건 알 것 없고, 네놈들은 어째서 죽을상을 하고 있었던 게냐? 벌레라도 씹었어?"

"아닙니다. 오는 길에 정체를 알 수 없는 엄청난 고수 한 사람을 만났었습니다."

"고수?"

"예, 그를 만나 약간의 수모를 겪었는데 저의 짧은 견식으론 도저히 누군지 알아낼 수가 없어 그러잖아도 존장을 뵈면 여쭤보려던 참이었습니다."

"어떤 인간인데?"

"외모에 특징은 없었습니다. 초로의 노인이었고 구부정한 단신에 장검을 사용했는데, 검의 수 배 크기에 달하는 강기를 실어 이기어검을 운용할 정도로 공력과 무위가 놀라운 인물이었습니다. 혹시 그런 인물에 대해 알고 계시는지요?"

문여종의 말에 구대통의 인상이 찌푸려졌다.

"그렇게 말해서 어떻게 알아! 더 설명해 봐. 어떻게 만났어?"

"수상한 행동을 보인 마교인들이 있어 그들과 잠시 실랑이가 있었는데 그가 끼어들었습니다. 마교인들 편을 든다는 인상이 강했습니다. 아, 그리고 젊은 남녀와 같이 있었는데, 극월세가의 식구들이었습니다."

"뭐, 극월세가?"

"예! 궁외수라 했습니다. 극월세가 편장엽의 딸인 편가연의 정혼자라더군요."

구대통이 자리를 박차고 벌떡 일어섰다.

"어디서 만났느냐?"

"바로 전 정안이었습니다. 어찌 그러십니까. 아는 이름입니까?"

"아직 그곳에 있느냐?"

"그건 잘 모르겠습니다. 괴노인은 그 자리에서 떠났으나 궁외수란 청년과 시녀로 보이는 아이는 거기 남았는지 확인하지 않았습니다."

눈치 빠른 문여종이 무양과 명원의 기색을 살폈다.

"극월세가 일행과 같이 있더냐?"

"아닙니다. 그들뿐이었습니다."

"더 자세히 말해봐라. 정확히 마주쳤던 곳이 어디이고, 그 노인이란 자에게서 다른 특색은 느끼지 못했느냐?"

"징안 초입의 만안객잔이었고, 괴노인은 외양이 허름하고 너저분해 고수 같지 않다는 것 외엔 별다른 걸 느끼진 못했습니다. 그와 직접 검을 맞대고 싸웠던 게 아니라서."

"음!"

깊은 침음을 흘리는 점창일기 구대통.

문여종은 세 사람의 눈치를 살피기에 여념이 없었다.

"알았다! 너희들은 가 보거라!"

"예?"

"우리가 만나 확인해 볼 테니까 갈 길이나 가라고!"

"아, 알겠습니다. 그럼!"

구대통의 도끼눈을 보며 문여종이 주섬주섬 물러났다. 의문이 가득했지만 어쩔 수 없었다.

"음, 거기 있었군. 대륙천가에 도착했을 줄 알았더니. 뭘 하고 있는 것이지?"

문여종 등이 떠나고 나자 구대통이 정안 쪽을 바라보며 중얼댔다.

"뭘 하고 있든 얼른 가보는 게 좋겠군."

"그래요, 대륙천가에 있는 것보단 낫죠."

무양이 자리를 털고 일어나자 명원도 당장 달려갈 태세로 서둘렀다.

그런데 문제가 있었다. 급히 움직여야 할 상황에 반야가 걸림돌인 것이다.

구대통이 미기에게 말했다.

"넌 반야와 여기 있어라!"

"에?"

즉시 구겨지는 미기의 인상.

"어쩔 수 없다. 네가 반야를 보호하며 여기서 기다려!"

구대통의 결정에 낭왕 염치우가 반야를 보았다. 부모를 잃고 눈이 먼 이후로 한시도 떼어놓지 않던 손녀였다. 낭왕은 갈등했다. 떼어놓고 싶지 않았지만 상황이 어쩔 수 없었다.

낭왕의 고민을 아는지 반야가 생긋이 웃으며 말했다.

"할아버지, 일이 생긴 듯한데 전 괜찮아요. 여기서 기다릴게요. 다녀오세요."

"음……!"

낭왕은 그래도 쉽게 자리에서 일어나지 못했다. 그러자 구대통이 재촉했다.

"이놈아, 서둘러야 한다. 그놈이 무슨 짓거리를 하고 있을지 모르잖느냐."

낭왕 염치우는 어쩔 수 없이 무거운 엉덩이를 들고 일어났다.

"애야, 일어나거라. 객관으로 데려다주마!"

"네, 할아버지!"

마음대로 결정되어 버린 상황에 미기만 입이 튀어나왔다. 하지만 그녀라고 반항할 수 있는 상황이 아니었다. 눈먼 사람을 그냥 두고 갈 순 없으니. 미기는 어쩔 수 없이 투덜대며 낭왕과 무림삼성의 뒤를 따랐다.

마침 멀지 않은 곳에서 객관을 찾을 수 있었다. 도심 한복판에 있는 객관이어서 낭왕으로선 다소 안심할 수 있는 위치였다.

반야를 삼 층의 방 안까지 안내한 낭왕은 실내를 둘러보며 말했다.

"잘 꾸며진 방이로구나. 잠시만 쉬고 있도록 해라. 금방 다녀오마!"

"걱정 마세요, 할아버지! 공주님과 꼼짝 않고 있겠어요."

"그래, 너도 다 컸으니 걱정하지 않는다."

"네, 다녀오세요!"

낭왕 염치우가 돌아서자 구대통이 미기를 째려보며 윽박

지르듯 말했다.

"시간이 좀 걸릴지도 모른다. 엉뚱한 짓 벌이지 말고 잘 지켜줘! 너, 반야 할아비 성질 얼마나 더러운지 봤지? 평소에도 위아래 안 가리는 인간인데 손녀 일이라면 어떻겠냐?"

"그거 지금 협박이라고 하는 거지? 공주인 나는 어찌 되도 상관없다 이거야? 알았어. 오늘은 일을 절대 잊지 않겠어. 흥!"

잔뜩 뿔이 돋은 미기를 뒤로 하고 구대통이 가소롭다는 듯 실실대며 방을 나갔다.

하지만 명원이 머뭇대고 있었다. 아무래도 영령공주인 미기의 신변을 보호할 책임을 가진 그녀이기에 혼자 내버려 두는 게 마음에 걸리는 것이다.

"뭐야, 왜 안 가고 섰어?"

"미기야."

나직한 명원의 음성.

"알았어, 알았어! 꼼짝 않고 여기 있을 테니까 어서 갔다 오기나 해!"

그제야 명원은 가볍게 웃곤 구대통 등을 따라 나갔다.

"그 괴노인이라 자는 누구였을까요? 두 분 오라버닌 짚이는 게 없으세요?"

명원이 정안을 향해 달려가는 중에 무양과 구대통에게 물었다.

"직접 보지 않곤 알 수가 없지. 그만한 무력을 지녔다면 아마 선대의 인물일 수도."

"선대의 인물이요?

"그렇지 않곤 설명이 안 되지 않느냐. 당금 무림에선 그만한 무위를 가진 자를 우리가 모르지 않으니 선대에 홀연히 사라졌던 고인 중 한 명일 가능성이 높아 보여."

"궁외수와는 어떤 관계일까요? 그 아이는 곤양에서 혼자 나왔을 텐데."

"음, 우리처럼 녀석을 알아본 것이 아닐까? 영마이기 전에 천공의 혜택을 타고난 무재이기도 하니까 접근했을 수도 있지."

"만약 그렇다면 큰일이군요. 그에게 무공을 가르치는 건 절대 안 될 일이죠."

"그래서 마음이 급하다. 놈이 그를 따라나서 버리기라도 한다면 걷잡을 수 없으니 말이다."

그때, 낭왕 염치우가 두 사람의 대화를 비웃었다.

"참 걱정들도 팔자시오. 가서 확인해 보면 될 걸 뭘 그렇게 사서 걱정을 하시오. 그런다고 놈이 앉아서 기다린답니까?"

"오냐, 네놈만 믿겠다. 큰소리친 만큼 행동으로 보여라!"

"걱정 마시오. 놈이 무엇이건 간에 살인마의 기미만 보여도 두 쪽으로 쪼개 버릴 테니까!"

낭왕의 일갈에 더 이상 대화는 이어지지 않았다. 네 사람 모두 정안을 향해 쏜살같이 달려갈 뿐.

하지만 그들은 길이 어긋나고 있었다. 같은 시각 외수와 시시는 점심 식사를 하기 위해 화양으로 향하는 관도에서 빠져 아름다운 호숫가로 이동해 있었기 때문이다.

*　　　*　　　*

"으음, 날카로운 검공이긴 한데 맘에 들진 않는군."

제법 격렬하게 몸을 놀리던 외수가 동작을 멈춘 뒤 혼자 중얼거렸다. 점심을 먹은 후 잠시 무공 연구에 몰두해 있었던 그였다.

그가 머릿속에서 꺼내 펼쳐본 무공은 백도헌이 사용했던 화산파 매화검법이었다. 정확한 명칭은 '이십사수 매화검법'이었으나 거기까진 외수가 알 수 없었고, 백도헌이 보인 몇몇 초식만 따라서 움직여 보았을 뿐인데 썩 맘에 들지 않는 듯 휘두르던 칼을 내렸다.

외수가 수련을 멈추자 대기하고 있던 시시가 땀을 닦을 수건을 들고 다가섰다.

"수련이 잘 안되세요?"

"으응, 그게 아니라……."

외수는 매화검법을 펼쳤던 자신의 칼을 물끄러미 내려 보다 문득 호숫가에 늘어선 나무의 잔가지 하나를 꺾어 들었다.

"검공을 도를 들고 펼쳐서 그런 건가? 시시, 잠시만 물러나 있어봐."

외수는 가느다란 나뭇가지를 들고 다시 자세를 취하더니 바로 백도헌의 매화검법을 펼치기 시작했다.

매영만천, 칠매쟁수! 비록 백도헌이 펼쳤던 것과는 완벽하게 똑같지는 않았지만 자신을 위태롭게 했던 핵심요결은 그대로 그려내고 있었다.

휙휙, 휙휙휙!

낭창대는 나뭇가지가 에리한 파공성을 쏟아냈다.

한발 물러난 시시는 외수의 움직임을 보며 감탄했다. 이전까지는 볼 수 없었던 빠르고 현란한 움직임. 두 발의 많은 변화뿐 아니라 몸 전체가 들고 있는 나뭇가지처럼 휘청대며 접혔다 펴지기를 반복했는데 도법을 펼칠 때와는 너무도 달랐다.

뿌옇게 일어나는 먼지를 온몸으로 휘감으며 한동안 검공을 펼치던 외수가 다시 수련을 멈췄을 때는 손에 든 나뭇가지 끝이 여러 갈래로 갈라져 있었다.

"흠!"

나뭇가지 끝을 확인하는 외수. 시시가 얼른 다가와 다시 수건을 건네며 물었다.

"공자님, 방금 그 무공은 화산파 제자가 펼쳤던 것 맞지요?"

끄덕.

"어땠어?"

"굉장히 아름다웠어요. 어떻게 그럴 수가 있죠? 전혀 딴 사람 같았어요. 칼보다 오히려 검이 더 잘 어울릴 것 같단 생각마저 들던걸요. 공자님께서 그처럼 쉼 없이 빠르게 움직이는 건 처음 보았어요."

"후후, 그래? 하지만 내 맘엔 들진 않아. 허초와 허식이 너무 많아서."

"허초와 허식이요?"

끄덕끄덕.

"그것 때문에 빠르게 움직여야 하지. 그런데 그것이 검법의 위력을 크게 배가시키는 것도 아냐. 오히려 어딘지 허무하고 정직하지 못한 느낌만 강하게 일으킬 뿐이야."

외수는 아쉽단 표정을 숨기지 않으며 갈라진 나뭇가지를 옆으로 던져 버렸다.

"전체를 다 겪어보았더라면 좋았을 텐데. 덕분에 점심 먹은 배만 다 꺼졌어!"

"호호, 이제 그만하세요. 평소와 달리 땀을 많이 흘리세요. 아직 그렇게 움직이기엔 무리가 따른단 뜻이잖아요."

"그래, 그만할 생각이었어. 그나저나 여긴 정말 멋진 곳이군. 이렇게 아름다운 곳이 있다니, 떠나기가 싫을 정도야."

외수가 호수의 정경에 눈을 주었다.

"나중에 또 오면 되죠. 그리고 여기보다 아름다운 곳은 많아요. 호수도 더 크고요. 원래 이쪽 지역이 대형 호수와 큰 강줄기가 많은 지역이거든요."

"기대되는군. 그만 갈까. 나 때문에 지체된 건 아니지?"

"그럼요. 저기 언덕을 넘어서면 화양이고 그 다음이 바로 회령인걸요. 천천히 가도 돼요."

"아냐, 가까운 대장간에 잠깐 들러 저 녀석 말굽을 손봐야 해!"

외수가 땀을 닦으며 백설 쪽으로 걸어갔다.

언덕에 올라서자 탁 트인 시야에 멀리 도시가 한눈에 들어왔다.

구불구불 이어진 길을 따라 작은 갈림길이 가까워졌을 때 다른 방향에서 두 대의 마차가 달려오는 것이 보였다.

제법 속도를 내고 있어 바쁜 모양이라고 생각했는데, 앞선 마차의 마부가 같이 말을 탄 시시와 외수를 보더니 갑자기 속도를 줄이며 인사를 건넸다.

"여어, 친구! 좋은 말을 탔군. 화양으로 가는 길인가?"

뜬금없는 질문이었지만 외수는 무뚝뚝하게 대답했다.

"아니오. 지나갈 생각이오."

"그런가?"

마부석의 사내는 아쉽다는 듯 빙긋이 웃었다.

그런데 외수는 그의 미소와 시선이 기분이 나빴다. 직감적으로 음흉함이 느껴졌기 때문이다. 그의 눈길만이 아니었다. 마차의 작은 창 휘장을 걷고 내다보는 두어 명의 사내도 그랬고, 뒤쪽 마차의 마부도 그랬다. 웃는 낯이 전혀 정겹지 않고 니글거리기만 했다.

대략 서른 살에서 마흔 살 정도로 보이는 사내들. 동네 건달, 양아치 등 온갖 범죄자를 다 상대해 본 외수로선 그런 자들의 습성을 잘 알고 있었고, 그런 자들에게서 받는 느낌을 지금 똑같이 받고 있었다.

묘한 웃음과 눈길을 흘리고 다시 마차를 몰아가는 그들을 외수가 노려보고 있을 때, 앞에 앉은 시시가 투덜거렸다.

"기분 나쁜 사람들이군요. 왜 저렇게 훑어보고 가죠? 몸속에 뱀이 기어가는 것 같아."

시시의 표현에 외수가 빙긋이 웃었다.

"대개 나쁜 일을 계획하는 자들이 그렇지. 말을 훔치는 도둑이라든가, 부녀자를 납치해 인신매매하는 놈들 따위."

"말 도둑, 인신매매… 라고요?"

시시가 돌아보았다.

끄덕.

"방금 그 자들이 관심을 보인 건 두 가지였어. 입으로는 백설을 말했고, 눈으로는 시시 널 탐했어. 내 느낌대로 범죄자들이라면 그 둘 중 하나야."

"으, 다시 마주치기 싫은 자들이네요."

시시가 소름이 돋는 듯 양쪽 팔을 쓰다듬으며 몸서리를 쳤다.

"다시 만날 일 있겠어? 잊어버려."

외수는 그렇게 말하면서도 달려가는 마차를 노려보았다.

第二章

낭왕의 손녀가 누구야?

너, 배때기는 갈라져 내장을 쏟아내고 목이 작살에 꽂힌 채 벽
에 박혀 빨래처럼 널린 시체 봤어?

그 정도 보지 못했으면 내 앞에서 끔찍한 시체 봤단 말 따윈 꺼
내지 마.

—사성관부 즙포사신 석중현

"으, 갑갑해!"

잠시도 가만있지 못하고 온 방 안을 왔다 갔다 정신이 없는 미기. 아무 것도 하지 않고 방 안에만 있는 일이 무척이나 지겨운 모양이었다.

미기는 창가에 앉아 물끄러미 바깥을 응시하고 있는 반야를 보고 서성대던 걸음을 멈추었다.

"뭘 하는 거야? 그런다고 볼 수도 없으면서?"

반야가 살짝 돌아보고 미소를 지었다.

"그래도 가만히 귀 기울이고 있으면 오가는 사람들을 느낄 수 있어요."

"그러면 오히려 답답하지 않아? 나 같으면 더 궁금해질 것 같은데."

"아니요. 재밌는걸요. 상상해 보는 것이 좋아요. 장사꾼의 호객하는 소리, 아이들 웃는 소리, 남녀가 다투는 소리… 그들이 어떤 모습일까 그려보면 즐거워요."

"그게 즐거워?"

"네. 제가 공주님을 상상해 보는 것과 같아요."

"날 어떻게 그리는데?"

반야의 미소가 더욱 길어졌다.

"공주님껜 좋은 향기가 나요. 머리에 열매 같이 작은 방울이 달린 장식을 꽂으셨고, 허리에도 수술이 달린 장신구를 하셨어요. 그리고 잠자리 날개 같이 하늘거리는 옷을 겉에 덧입으셨고요. 머릿결은 어깨까지 풍성하게 늘어뜨린 다음 끝을 살짝 묶으셨는데, 볼 양쪽을 따라 앞으로 늘어뜨린 두 갈래 머리도 귀여우세요."

미기는 마치 다 본 사람처럼 말하는 반야가 정말 이해가 되지 않아 버럭 소리를 질렀다.

"야! 너 사기 치는 거지? 말짱히 다 보면서 안 보인다고 하는 거 아냐?"

"호호, 공주님! 그럴 리가요."

"아냐, 아냐! 너 엄청 수상해! 눈도 티끌 하나 없이 맑고 깨끗한데다 행동도 너무 자연스러워!"

미기는 확인해 봐야겠다는 듯 성큼성큼 다가와 허리를 굽히고 반야의 눈을 빤히 들여다보았다.

"공주님?"

"왜?"

"허리춤의 장식을 한 번 만져 봐도 될까요?"

"뭐?"

"수술과 같이 달랑거리는 게 무척 예쁠 것 같아요."

"……."

갑자기 멀뚱해진 미기가 가만히 반야를 내려다보며 대답했다.

"뭐 그러든지. 그까짓 거 만져 보는 게 무슨 대수라고. 만져 봐! 자!"

미기는 배를 쑥 내밀어주었다.

반야가 조금 더듬는가 싶더니 허리띠에 달린 장신구를 찾아 두 손으로 조심스레 만지기 시작했다.

"옥인가 봐요. 굉장히 섬세하고 정교한 문양이 새겨져 있군요. 찰랑거리는 수술도 감촉이 아주 보드랍고 좋아요."

"뭘 그렇게 감탄해! 넌 이런 거 없어?"

"네, 없어요. 아주 어렸을 땐 있었던 것 같은데, 눈이 안 보이게 된 이후엔 가져본 기억이 없어요."

"뭐어?"

미기는 어이가 없단 표정으로 반야를 내려다보았다. 그러고 보니 반야는 타고난 자태만 빛이 날 뿐 그에 비해 갖춰 입은 행색은 오히려 초라하다고 해야 될 만큼 지극히 평범하기만 했다.

미기는 빠르게 이해했다. 낭왕, 그 무식한 영감탱이가 여자에 대한 걸 알 리가 없었다. 거기다 산속에 처박혀 사는 그녀이지 않은가. 부모가 있었다면 모를까 그럴 기회가 없는 반야였다.

안타까워진 미기는 인상을 찌푸린 채 내려다보다가 퉁명스럽게 쏘아붙였다.

"뭐야, 처량해 보이잖아! 일어나!"

"네?"

"일어나라고. 밖에 나가게. 나가서 실컷 돌아다녀 봐! 갖고 싶은 것 있으면 다 사고 예쁜 옷도 사 입고, 향수랑 화장품도 사!"

"하지만……."

놀라 상기된 얼굴의 반야가 머뭇댔다. 표정은 무척이나 반기고 있었으나 조심스러운 눈치였다.

"그래도… 될까요?"

"바보! 안될 게 뭐 있어? 잠깐 밖에 나갔다 온다고 누가 잡아먹기라도 한대? 괜찮아, 괜찮아! 꼰대들이 행여 돌아다니다가 잘못될까 봐 꼼짝 말고 있으라고 한 건데, 잘못될 일이 뭐 있어? 자, 어서 일어나! 해가 지기 전에 돌아오면 돼!"

미기는 의자에 다소곳이 앉은 반야의 두 손을 잡아 일으켰다.

　어쩔 수 없이 일어나 끌려가는 반야. 하지만 그녀의 가슴은 콩닥거리고 있었다. 마치 다정한 친구와 나들이를 나서는 기분. 반야에겐 처음 있는 일이었다.

　미기는 반야를 이끌고 사람들로 복작대는 거리를 천천히 걸으며 그녀의 기색을 살폈다. 발그스름 어린아이처럼 달뜬 얼굴. 이쪽저쪽 사람들의 왁자지껄한 소리가 들릴 때마다 바쁘게 고개를 돌려 관심을 보이는 것이 신이 난 빛이 역력했다.

　미기는 작심했다. 낭왕이 돌아오면 최소한 한 달에 한 번씩 손녀를 도시로 데리고 나오게끔 할 생각이었다. 만약 자기 말이 씨가 안 먹히면 황명까지 빌려 강요할 작정을 했다.

　"저기 꼬치집이 있군. 꼬치 좋아해?"

　미기는 반야를 꼬치 파는 곳으로 데려갔다. 사실 양고기 꼬치는 그녀가 좋아하는 거리 음식이었다.

　미기는 양고기 꼬치와 과일 꼬치를 하나씩 반야의 손에 쥐어주고 자기도 두 개를 들었다.

　"공주님도 이런 걸 드세요?"

　"쉿! 공주라고 하면 어떡해?"

　"앗! 죄송!"

"그냥 주 소저라고 해! 그리고 우리 꼰대들 앞에선 내가 길 거리 음식 좋아한다는 건 비밀이야."

"네, 알겠어요. 호호!"

"좋아. 그럼 저쪽이 시장인 것 같으니까 그리로 가보자."

미기는 자기보다 두 살이 많은 반야를 오히려 자기가 언니 인 것처럼 잘 데리고 다녔다.

그런데 그녀들을 향한 눈들이 있었다.

"저것들 뭐지? 하나는 맹인 같지 않아?"

"무슨 상관이야. 둘 다 예쁘장한 게 최상급이구만. 오히려 손쓰기도 쉽고. 흐흐흐."

아이들이나 먹는 막대사탕을 쪽쪽 빨며 힐끔대는 두 명의 사내. 그들은 미기와 반야가 눈치채지 못하도록 딴청을 부리 며 뒤를 따라 움직였다.

"그런데 하나가 검을 지녔는데 괜찮을까?"

"척 보면 몰라? 그냥 부잣집 계집애잖아. 자기보호를 목적 으로 과시용으로 패용한 것뿐이야. 설사 검을 익혔다고 해도 저런 꼬맹이가 얼마나 하겠어. 잘됐지 뭐야. 두 년이 죽어 나 자빠지는 바람에 머릿수가 모자랄 뻔했는데 딱 좋아. 시간 없 으니까 저 둘로 정하고 얼른 해치우자고. 애들 데려와. 마차 는 도착했어? 시장으로 가는 듯하니까 시장 뒤로 마차를 대기 시키라고 해!"

"알았어!"

대답한 사내가 빨고 있던 막대사탕을 던져 버리고 한쪽으로 바삐 움직여 갔다.

자신들을 따르는 사내가 있다는 걸 전혀 모르는 미기와 반야는 시장 초입에 있는 장신구 가게들을 마음껏 돌아다니고 있었다.

"이건 어때?"

미기가 반야가 충분히 만져 볼 수 있도록 이것저것 잡히는 대로 손에 쥐어주었다.

"좋아요. 예뻐요. 이것 두 가지로 하겠어요."

반야는 반지, 귀고리, 노리개, 목걸이, 팔찌, 비녀 등등 수많은 장신구 중에서 머리에 꽂을 나비 모양의 작은 장식 하나와 허리춤에 달 패물 하나만 선택해 들어 보이며 환하게 웃었다.

"이것도 해!"

미기가 자기 마음에 드는 것 하나를 더 권했다.

"머리띠로군요?"

"맞아! 빨간 비단에 희고 노란 꽃무늬가 수놓아져 있어! 이걸 하면 예쁠 거야. 돌아서 봐, 내가 해줄게!"

반야를 돌려세운 미기는 허름한 머리띠를 풀어 내려놓고 자기가 고른 곱고 화려한 머리띠로 다시 머리를 묶어주었다.

주인 아낙네가 장사꾼다운 감탄을 해댔다.

"어쩜, 자태가 고운 아가씨들이라 너무 잘 어울리는군요. 예뻐요!"

입에 발린 소리일 수도 있었겠으나 반야는 발그레 홍조까지 띠고 좋아했다.

"이것도 해봐!"

미기는 반야가 골라 들고 있던 나비 장신구를 머리 한쪽으로 꽂아주었다.

"거봐. 이렇게 잘 어울리는걸. 몇 개 더 사! 기회 있을 때!"

"아니에요. 세 개나 샀는걸요. 이걸로도 충분해요. 욕심 부리지 않을래요. 얼마예요?"

반야가 허리춤에서 작은 전낭을 꺼내자 미기가 먼저 돈을 내밀며 지금까지 반야가 만지작거렸던 장신구들을 자기 앞으로 다 쓸어 모았다.

"됐어! 이건 기념으로 내가 사주는 거야. 이것도 사고, 저것도 살 거야!"

"공… 아니 주 소저, 그건……?"

"괜찮아, 괜찮아! 다 사! 영감들 돌아오면 깜짝 놀라게 해주자고. 이제 옷 보러 가자! 신발도 보고!"

반야를 완전히 변신시킬 작정을 한 미기는 다시 반야의 손을 끌고 복작대는 사람들 틈을 헤집었다.

"준비됐어?"

"응, 저쪽에!"

뒤따르던 사내가 다시 돌아온 자를 보고 묻자 그가 턱짓으로 한쪽을 가리켰다. 오가는 사람들 너머로 둘씩 짝을 지어 움직이는 동료들이 보였다.

마주 보고 서로 비릿한 웃음을 짓는 사내들.

"좋아! 이제 보는 눈이 뜸한 곳에 이르면 시작하자고."

"아직 둘뿐이야? 따로 붙은 자들 없어? 하인이나 보호자들!"

"없어. 둘만 움직이고 있어!"

"흐흐흣, 잘됐군. 뉘 집 자식들인지 잘 키워 내보냈군. 입맛에 딱 맞게 말이야. 크흐흐흐."

섬뜩한 웃음을 흘리는 자들.

그러나 미기와 반야는 자신들을 향한 마수가 뻗쳐오는 줄은 꿈에도 모르고 이 가게 저 가게 돌아다니기에 바빴다.

"주 소저, 이건 제게 너무 과하지 않을까요?"

"무슨 소리! 그 얼굴에 이 정도는 입어줘야 태가 나지. 충분히 빛날 수 있는 외모를 스스로 깎아내리는 건 자기 학대고 범죄야! 잔말 말고 어서 갈아입어 봐!"

미기는 직접 탈의실로 데려가 옷 갈아입는 걸 도왔다. 그리곤 갈아입은 모습을 확인하곤 샘이 난다는 듯 말했다.

"씨, 나보다 더 이쁘네."

"어머나! 호호호, 정말요?"

"그래! 시집갈 때 된 여자를 산속에 처박아둔 네 할아버지가 보면 눈 튀어나오겠어! 이렇게 옷만 바꿔 입어도 선녀 같은데. 무식한 영감탱이. 산속에만 처박아두다니! 자, 이제 귀고리도 해봐!"

미기는 자기가 쓸어 담아온 장신구들 중에서 귀고리를 찾아 직접 달아주었다.

반짝반짝 얇고 예쁜 은빛 귀고리가 반야의 뽀얀 얼굴과 잘 어울렸다.

반야는 처음 해보는 귀고리를 만지작거리며 부끄러워했다.

그러자 미기가 놀렸다.

"어라? 귀고리도 처음 해보는 거야?"

끄덕끄덕.

"그 나이 되도록 뭐했대? 어린 나도 하고 있는데, 순진하긴. 이젠 앞으로 계속 하고 다녀! 거봐, 여러 개를 사길 잘했지."

뿌듯해하는 미기.

"자, 이제 완전히 바뀐 네 모습을 자랑하러 가야지?"

"네?"

"사람들에게 보여야 할 것 아냐. 여기저기 다니면서 사람들의 시선을 느껴봐!"

"그, 그건……?"

"뭘 쑥스러워해? 익숙해져야 할 것 아냐."

미기는 옷값을 치른 뒤 사람들이 복작대는 시장을 빠져나와 다시 거리로 나왔다.

아니나 다를까 사람들의 시선이 모였다. 반야도 그 시선들을 느낄 수 있었다.

"부끄러워……."

고개를 못 들고 미기를 따라 걷는 반야. 하지만 기분은 날아갈 듯했다. 사각대는 고운 새 옷과 달랑대는 귀고리의 느낌이 너무나 좋았다.

반야는 거리의 사람들이 뜸해진 걸 느끼고 미기에게 말했다.

"이제 그만 객관으로 돌아가요. 오늘 공주님 덕분에 너무 즐겁고 행복해요. 고마워요."

"히히, 그럼 다행이고. 좋아, 그럼 돌아가자고."

미기는 두말 않고 객관으로 향했다.

그런데 그때 누군가 그녀들을 툭 치고 빠르게 지나갔다.

어이없게도 한 사내가 반야의 옷 보따리를 낚아채 달아나고 있었다.

"뭐야, 소매치기야?"

어처구니없단 얼굴의 미기.

"그런가 봐요."

반야도 어이없단 표정으로 빼앗긴 빈손을 멍하니 들고 있었다. 오히려 허리춤의 돈주머니는 멀쩡했다.

"이게 감히?"

발끈한 미기가 바로 뒤쫓아 뛰어갔다.

"야, 거기 안 서?"

골목으로 들어가는 사내. 어리다고 해도 못 따라잡을 미기가 아니었다. 명원신니의 직계제자 의정사태로부터 무공을 습득하고 있는 미기. 최고의 신법까진 아니어도 '한매보(寒梅步)' 정도는 눈 감고도 펼칠 수 있었다.

"다 죽었어. 감히 내가 누군 줄 알고."

순식간에 소매치기 사내를 따라 골목으로 돌아서는 미기. 그 순간 허연 가루가 얼굴을 확 덮쳤다.

"읍! 뭐, 뭐야?"

급히 손을 휘저었지만 밀가루처럼 분분히 날리는 가루는 온몸을 뒤덮고 있었다.

"쿨럭! 뭐야 이게?"

허연 가루를 뿌린 놈은 소매치기를 해간 놈이 아니었다. 다른 자들도 있었다. 모두 세 명.

"뭐냐, 네놈들은? 내게 뭘 뿌린 거야?"

사내 하나가 웃어댔다.

"낄낄낄, '미혼산(迷魂散)'이란 아주 달콤한 약이지! 너무 많이 뿌렸나. 아깝게!"

"미혼산?"

정신을 몽롱하게 만드는 독. 미기는 그제야 단순한 소매치기들이 아님을 알았다.

"이것들이?"

검을 뽑아드는 미기.

"오호, 그냥 얌전히 굴 것이지, 우리랑 놀아보겠다 이거야? 흉기라면 우리도 있는데 말이야."

사내들이 히죽거리며 각자 품속과 뒤춤에서 두 뼘 길이의 칼들을 꺼냈다.

미기의 눈자위가 실룩거렸다.

"용서치 않을 테다. 감히 누구 앞에서 칼을!"

휘익!

미기는 서슴없이 검을 내쳐갔다. 한데 몇 걸음 움직이지도 못하고 몸을 휘청거렸다.

"······?"

치떠진 미기의 눈.

사내들이 느물느물 웃었다.

"후후후, 얌전히 굴라니까! 움직일수록 약의 효과가 빨리 퍼지는 거 몰라?"

미기는 아찔했다. 자칫 정신을 놓칠 뻔해 머리를 흔들었다. 놈들의 미혼산은 정신만 흐트러뜨리는 게 아니라 전신에 마비 효과까지 불러왔다.

미기는 다가서는 자들을 보며 이를 악물었다. 놈들을 응징하겠다고 달려들게 아니라 오히려 피해야 하는 상황이었다.

미기는 급격히 혼미해지는 정신을 가다듬으려 애쓰며 바로 뒤돌아 뛰었다. 반야, 그리고 사람들이 있는 곳으로 가야 했다.

그러나 앞을 막아서는 사내. 미혼산을 뿌렸던 자였다.

"낄낄낄, 그 상태로 어딜 가겠다는 거냐. 요 귀여운 녀석아!"

미기는 자신이 느끼는 것보다 더 많이 신형이 흔들리고 있었다. 의지와는 상관없었다. 감각마저 급격히 잃어가고 있었다.

"비켜!"

혼신의 힘을 다한 미기의 검이 번뜩였다.

캉! 휘릭! 슈악!

미기를 얕보고 다가서던 사내가 옆구리를 잡고 비척비척 물러났다. 난피풍검법의 절묘한 연결식으로 상처를 입힌 것이었다.

"으읍!"

"칫!"

목을 자르지 못한 것이 불만인 미기는 휘청대는 몸을 거의 내던지다시피 골목 밖으로 날렸다.

'두고 보자! 네놈들을 결코 살려두지 않겠어!'

"어엇?"

미기가 골목 바깥으로 튀어 나가자 사내들은 당황했다.

"이런? 잡아!"

두 사내가 황급히 미기를 쫓았다. 비틀거리는 몸으로 멀리 가지도 못할 것이었고, 사람들이 눈치채지 못할 때 다시 잡아오면 문제될 건 없었다. 또 한두 사람 보는 것 정도야 아무 상관없었다. 대개는 감히 나서지 못하고 쳐다보기만 하는 것이 전부였으니까.

미기는 사력을 다하고 있었으나 몸이 말을 듣지 않았다. 뛴다고 뛰지만 이리 휘청 저리 휘청 엄벙대는 수준이었고, 쓰러지지 않는 것만 해도 다행이었다.

그런데 그녀의 눈에 반야가 보이지 않았다. 있어야 할 자리에 그녀가 없었다. 스스로 움직이지는 못했을 터.

"반야!"

소리쳐 부르지만 몰려드는 나쁜 예감. 그리고 그 예감은 어김없이 들어맞고 있었다.

"낄낄, 같이 있던 계집을 찾는 것이냐? 우리가 잘 모셨다. 너도 어서 가야지?"

미기는 빠르게 돌아섰다.

"이 미친 것들! 어디로 데려갔느냐? 네놈들이 지금 나와 그녀에게 무슨 짓을 벌이고 있는지 아느냐?"

"흐흣, 왜 몰라! 좋은 데 데려가려고 그렇잖아!"

또 비틀거리는 미기. 흥분을 하자 몸과 정신이 급격히 무너지고 있었다.

미기는 거의 마구잡이나 다름없이 검을 휘저었다. 초식도 없었다. 시야마저 흐릿해져 상대가 여럿으로 보이고 있었다.

"흐흐흐, 용 써봐야 소용없다. 그래도 검을 지녔다고 미혼산을 충분히 썼으니까."

휙휙휙!

벽을 짚고 허우적대듯 휘두르는 검. 그나마 그 때문에 사내들이 빠르게 덮치지 못했다.

"독한 년이군. 미혼산을 그렇게 뒤집어쓰고도 지금까지 버티다니."

거리에는 사람이 많지 않았다. 멀리서 오가는 사람들뿐. 사내들은 여유가 있다 판단하고 더 도망가지 못하도록 막아서서 제풀에 쓰러지길 기다렸다.

그때, 전혀 예상치 못한 소리가 사내들을 주춤대게 만들었다.

또각또각. 말발굽 소리.

"어머, 싸우나 봐요?"

백설 위에 앉은 시시가 깜짝 놀랐다.

아래에서 고삐를 쥔 외수 역시 걸음을 멈추었다. 두 사람은 골목 안 대장간에서 말의 편자를 교체하고 나오는 길이었다.

"어머, 아까 언덕 위에서 봤던 사람들 같은데요?"

인상이 구겨지는 사내들.

"뭐야, 재수 없게! 다 된 밥에 코 빠트리는 놈이라니. 젠장!"

사내들 역시 외수와 시시를 알아보았다.

"틀렸다. 가자!"

사내들이 스스로 슬금슬금 물러났다. 어리긴 했어도 냉정한 눈매와 전혀 동요하지 않는 외수의 자세가 나름 위협적으로 보이는 데다, 모른 척 지나가지 않고 쳐다보고 있는 이상 납치 행각을 계속할 순 없는 노릇이었다.

외수를 힐끔거리며 물러나던 그들은 골목 안으로 도망치듯 사라져 갔다.

상황을 몰라서 보고만 있던 외수가 비로소 벽을 짚고 주저앉는 미기에게 눈을 주었다.

그때 시시가 또 '어머'를 연발했다.

"영령공주님이잖아요?"

시시의 말에 외수가 눈에 힘을 주고 미기를 보았다.

시시가 백설에게서 내려와 달려갔다.

"공주님, 공주님 맞죠?"

간신히 고개를 들어 쳐다보는 미기.

"너는……?"

말을 끌고 다가서는 외수까지 확인한 미기가 두 눈을 부릅떴다.

"응? 네가 왜 여길?"

무림삼성과 낭왕을 만나고 있어야 할 사람이 나타났으니 놀라는 건 당연했다. 더구나 그들이 헛걸음만 하고 돌아올 걸 생각하니 더 어이가 없었다.

외수가 퉁명스럽게 물었다.

"무슨 일이야? 왜 그런 꼴을 하고 있어?"

"미혼산을 당했어. 방금 그 시키들한테!"

"미혼산이 뭐야?"

외수의 물음에 미기를 살피던 시시가 대신 대답했다.

"잠시 정신을 잃게 만드는 독이에요."

힘겨운 미기가 중얼거리듯 시시에게 말했다.

"날 납치하려고 했어. 도와줘. 그 시키들 잡아야 해! 같이 있던 사람이 납치당했어."

"예에, 납치라구요?"

"그래! 어서 운기를 해서 독 기운부터 날려야 해! 나, 날 좀 바로 앉혀줘!"

시시는 버둥대는 미기를 벽에 기대앉을 수 있도록 서둘러 도와주었다.

"허억, 허억, 학학!"

독을 억지로 견디고 있는 탓에 호흡까지 가빠진 미기는 벽에 기댄 상태로 운기를 시도하려 애를 썼다. 하지만 집중이 될 리가 없었다. 오락가락하는 정신에 기력마저 달아난 상태로 운기행공이 가능할 리 없었다.

시시가 걱정스러워했다.

"공주님, 지금 상태로 뭘 한다는 게 무리 같아 보여요."

"안 돼! 그래도 해야 돼! 건들지 마!"

누가 건든다고. 눈마저 감긴 상태로 악을 쓰는 미기. 안쓰럽기 짝이 없는 모습이었다.

뒤에서 물끄러미 내려다보기만 하던 외수가 인상을 일그러뜨렸다.

"같이 다니던 사람들은 어디 있어?"

여전히 퉁명스런 외수.

"여기 없어. 네가 정안에 있단 소릴 듣고 그리로 달려갔으니까! 허억, 허억!"

"……?"

그 말에 시시가 놀라 벌떡 일어났다.

"공자님을요?"

한 걸음 물러나는 시시. 명원신니가 외수를 죽이려 했었다는 사실을 자각한 것이다.

외수의 인상도 더욱 찌푸려졌다.

"공자님……?"

시시가 걱정스럽게 올려다보았으나 외수는 엉뚱한 대꾸를 했다.

"시시, 근처에 객관이나 객잔이 있는지 찾아봐!"

"객관을… 왜?"

"여기 앉혀둘 순 없잖아."

외수가 미기에게 다가섰다.

"이봐, 일어나!"

"안 돼! 건들지 마! 운기를 해야 해!"

곧 쓰러질 것 같은 상태에서도 고집스럽게 기를 쓰는 미기.

"넌 아무 것도 못하고 있잖아."

"그래도 어쩔 수 없어! 그녈 구하지 못하면 난 죽어!"

"그녀가 누군데?"

"낭왕의 손녀야!"

"낭왕은 또 누구야?"

이번에도 시시가 대답했다.

"의천육왕의 한 사람이에요. 무림 최강자 중 한 사람으로 알려진 인물이죠."

미기가 고개까지 벽에 의지한 채 주절댔다.

"맞아. 널 만나러 간 그 무식한 영감과 무림삼성이 곧 돌아올 거야. 널 못 찾았으니 바로 돌아오겠지. 내 잘못이야. 맹인인 그녀를 데리고 나오는 바람에 이 지경을 만들었어. 방구석에 처박혀 있으라고 했는데 멍청하게 미혼산 따위에 당하다니, 바보같이!"

"……."

묵묵히 듣고 있던 외수가 갑자기 미기를 들어올렸다.

"엇? 무, 무슨 짓이야?"

대뜸 미기를 어깨에 둘러멘 외수는 그녀의 앙탈을 무시했다.

"시시, 앞장 서!"

성큼성큼 큰길로 향하는 외수.

"무슨 짓이냐니까? 내려놔! 내려놓으라니까!"

미기가 악을 써보지만 그녀에겐 몸부림을 칠 기력도 남아 있지 않았다.

"시끄러! 객방 잡아둔 곳이나 말해!"

결국 미기가 묵는 객관을 찾아 들어온 외수는 그녀를 침대에 내려놓고 시시에게 말했다.

"시시, 여기 같이 있어!"

"공자님께선?"

"놈들을 잡아야지!"

외수는 걱정을 가득 매단 시시를 뒤로하고 미기를 돌아보며 물었다.

"납치된 사람 이름이 뭐야? 어떻게 생겼어?"

내려놓자마자 침대에 널브러진 미기가 가쁜 숨을 몰아쉬며 대답했다.

"하악, 하악! 이름은… 염반야! 열여덟 살이고, 앞을 못 봐! 머리에 나비 장식과 빨간색 머리띠, 그리고 연홍색 치마를 입었어!"

외수가 바로 등을 돌려 방을 나가려하자 시시가 불안해했다.

"공자님, 무서워요. 명원신니와 그들이 오면……?"

외수가 돌아보고 안심시켰다.

"괜찮아. 그들이 원하는 건 나지 네가 아니잖아. 걱정 말고 여기 있어!"

외수는 그 말을 끝으로 객관을 나와 백설을 잡아타고 왔던 길로 되돌아 달렸다.

*   *   *

빠르게 달리는 마차 안.

미기에게 옆구리를 다친 사내가 납치한 반야를 보며 이죽 거렸다.

"고년 참, 아까 그년하고는 전혀 딴판이네."

"맹인이라서 그런 거 아냐?"

두 사내는 자신들 앞에 아무 말 없이 꼿꼿한 자세를 유지하고 있는 반야가 신기한 모양이었다. 대개 납치당한 여자들은 벌벌 떨며 울고불고 난리를 치기 마련인데, 반야는 한 점 흐트러짐 없는 자세로 앉아 있었기 때문이다. 마치 마차에 올라탄 손님처럼 너무도 얌전히.

그때, 반야가 입을 열었다.

"지금 절 납치한 건가요?"

차분한 음성. 두려움이라곤 전혀 느껴지지 않는 음성이었다.

"맹인 맞아?"

다친 사내가 반야의 눈을 들여다보며 의심했다.

"크크큭, 그래 맞다! 우리가 널 납치한 거야. 무섭지? 그러니까 지금처럼 얌전히 있어야 해! 안 그럼 우리가 더 나쁜 짓을 할지 모르니까. 알았지?"

"음, 인신매매하는 나쁜 사람들이군요."

"그래, 우린 널 아주 즐겁고 신나게 놀 수 있는 곳으로 보내줄 거야. 그러니까 얌전히 착하게 있어!"

사내들이 키득거렸다.

하지만 반야는 미동도 하지 않았다.

"하나 알려드릴까요? 지금 당신들 실수하는 거예요."

"엉? 실수? 무슨 실수?"

"세상에서 가장 무서운 사람이 곧 저를 구하러 올 거거든요. 당신들은 지금 세상에서 가장 무서운 사람의 하나뿐인 피붙이를 건드린 거예요."

"뭐어?"

"흐흐훗, 영악한 계집이로군. 그렇게 말하면 우리가 겁을 먹고 널 놓아 보내기라도 할 것이라 생각하느냐? 어디서 조그만 게 수작이야?"

"아니요. 놓아 보내지 않으셔도 돼요. 난 여러분처럼 나쁜 사람들은 우리 할아버지께 혼이 나야 된다고 생각하거든요."

"네 할아버지가 누군데?"

"낭왕 염치우! 여러분 같은 자들이 저승사자로 부르는 사람이에요."

"뭣?"

순간 핏기가 사라지는 사내들.

그 이름을 어찌 모를까. 인신매매나 하는 자들이지만 그 이름을 익히 안다. 죄인을 잡아들이는 관부의 즙포사신(緝捕使臣, 치안담당 우두머리)보다 더 무서운 이름. 아니, 비교조차 할 수 없는 극강의 인물인 것이다.

두 사내는 서로를 쳐다보았다. 정말 사실이라면 자기들은 상상도 하기 싫은 엄청난 일을 저지른 것이었다.

낭왕이라면 추적에도 능한 자. 아무리 도주해 숨는다고 해도 그가 추적해 온다면 빠져나가긴 불가능한 일.

두 사내는 애써 부정했다.

"장난쳐? 이게 어디서 어른을 갖고 놀아?"

"낄낄낄, 깜빡 속을 뻔했군. 낭왕 같은 인물이 맹인인 손녀를 혼자 내버려 둘 리가 없잖아. 흐흐훗, 제법 똑똑한데. 감히 우릴 속이려 들다니. 잠시 긴장했잖아!"

"맘대로 생각하세요. 어차피 곧 알게 될 일이니까."

"그래, 누가 구하러오나 두고 보자. 뭐 어차피 쫓아와 봤자 소용없겠지만. 우리가 그렇게 허술해 보이냐?"

두 사내는 믿는 구석이 있는지 본래 모습을 찾고 다시 키득 거렸다.

그러거나 말거나 반야는 지그시 눈을 내려뜬 채 변함없는 모습을 유지했다.

*   *   *

백설을 미친 듯이 몰아 언덕길을 달려 올라/가는 외수. 그들 이 왔던 방향을 알기에 마차의 흔적을 쫓아가는 중이었다. 다 행히 길엔 오고간 마차의 바퀴 자국이 선명히 남아 있었다.

부녀자를 납치해 매매하는 자들. 대개 그런 자들은 꽤 큰 조직을 이루어 활동하기 마련이고, 납치한 여자들을 술집, 사 창가, 또는 멀리 이국(異國)까지 데리고 가서 노예로 팔아치 운다는 것을 외수는 알고 있었다.

외수는 그런 범죄자들을 열여섯 살 무렵에 겪어 보았었다. 곤양에도 그런 자들이 있었고, 머리가 큰 이후론 곤양 땅엔 얼씬도 못하게 만들어주었다.

최대한의 속도로 달려가던 외수는 멀리 큰 강줄기가 보이 기 시작하자 잠시 멈추어 섰다. 마차의 흔적이 그리로 이어져 있어 당황스러웠기 때문이다.

"배를 이용한 건가?"

그렇다면 쫓아가는데 한계가 있었다.

"이런!"

다시 급하게 백설을 재촉하는 외수. 예감이 나빴다.

아니나 다를까, 나루터가 있는 강변에 이르자 마차는 보이지 않았다. 큰 배가 정박했던 흔적과 사람들의 무수한 발자국만 남아 있을 뿐 개미 한 마리 보이지 않았다.

"젠장, 마차까지 싣고 떠났군."

바닥의 흔적에서 외수는 납치범들이 확실히 배를 이용하고 있음을 확인하고 높은 곳을 향해 달렸다. 아직 시간이 많이 지체된 것이 아니어서 강줄기를 멀리까지 내려다보면 배를 확인할 수도 있을 것이란 판단 때문이었다.

높은 산과 협곡을 따라 유유히 흐르는 강. 언덕 위에 올라선 외수는 강 위아래를 빠르게 살폈다.

몇 척의 배가 눈에 띄었다. 그중 다행히 외수가 찾으려는 배가 뚜렷이 구분되었다. 마차를 실을 수 있을 정도의 큰 배는 딱 한 척뿐이었다.

"저거로군!"

평범한 화물선으로 보였지만 외수는 확신했다. 그런데 지금부터 문제였다. 강심으로 흘러가는 배를 어떻게 한단 말인가. 다음 나루터에서 잠시 정박해 준다면 모르지만 하염없이 흘러가기만 한다면 배에 올라탈 기회는 없었다.

곤란해진 외수는 멀리 떠가는 배를 유심히 노려보다 일단 협곡의 길을 따라 쫓아갔다.

"큰일이군. 어떻게 잡는다지?"

외수는 난감했다. 언제까지 이렇게 따라갈 순 없는 노릇이었다. 그렇다고 움직이고 있는 배를 헤엄을 쳐서 따라잡아 올라탈 수도 없으니, 그저 어디에선가 빨리 정박해 주기를 바라는 수밖에 없었다.

외수가 배를 보며 따라가고 있을 때 밭일을 하는 사람들이 멀리 보였다. 외수는 그들을 향해 소리쳤다.

"이보시오! 저기 보이는 저 큰 배가 정박할 수 있는 다음 나루터가 어디요?"

중년의 농부 한 사람이 강을 돌아보곤 대답했다.

"글쎄? 저런 배라면 하루 이틀 정도는 더 가야 배를 댈 곳이 있을 텐데?"

그의 대답에 외수의 낙담만 더해졌다.

"작은 나루터는 어디 있소?"

"길 따라 조금만 더 내려가면 보일 걸세."

"고맙소!"

외수는 빠르게 달렸다. 나루터에서 조그만 배라도 빌려 접근해 볼 생각이었다.

*   *   *

"이번엔 머릿수는 적어도 확실히 골라서 잡아온 애들이라 전반적으로 다들 물이 좋군."

커다란 등불을 들고 배의 갑판 아래, 가장 밑바닥에 위치한 선실로 들어선 사내가 흡족한 웃음을 흘렸다.

어두운 밀실 안. 등불이 비추자 삼십여 명의 젊고 어린 여인들이 여기저기 웅크리고 있었다. 대부분 십 대 중반에서 이십 대 초반의 여인들.

"저 계집은 아직도 여전하군. 맘에 들어. 흐흣!"

사내 하나가 작은 나무토막 위에 다소곳이 앉아 있는 반야를 보고 낄낄댔다.

"자, 새로 들어온 계집들은 지금부터 몸에 지니고 있는 것들을 하나도 남김없이 이 책상 위에 꺼내 놓아라!"

한쪽에서 벌벌 떨며 울고 있던 여인들이 움찔거렸다. 몰골이나 행색이 엉망인 다른 여인에 비해 아직 깨끗한 것을 보면 가장 최근에 납치된 여인들이라는 것이 표가 났다.

"뭣들 해? 귀 먹었어? 순순히 꺼내놓지 않으면 홀랑 벗겨서 찾을 테니까 알아서 해!"

배 바닥 안이라 쩌렁쩌렁 울리는 고함 소리.

노려보고 있던 반야가 제일 먼저 움직였다. 선실 벽을 짚고 더듬더듬 일어난 반야는 작은 책상을 놓고 앉은 사내 앞으로 정확히 걸어왔다. 그리곤 허리띠 속에서 자신의 전낭을 꺼내 책상 위에 툭 던져 놓고 다시 있던 곳으로 조심조심 걸어갔다.

고함을 쳤던 사내가 물었다.

"이게 전부야? 귀금속이나 패물 따위 없어?"

"없어요. 주머니에 적지 않은 돈이 들었을 테니 확인해 봐요."

사내는 주머니를 집어 속을 확인했다. 꽤 큰 금액. 사내는 비릿한 웃음을 머금었다.

"봤지? 나머지 계집들도 어서 꺼내놔! 우리가 직접 뒤지기 전에!"

여인들의 흐느낌이 더욱 커졌다. 그때 반야가 울고 있는 여인들을 향해 말했다.

"모두 시키는 대로 하세요. 걱정 말고요.".

그러자 웅크리고 있던 여인들이 주섬주섬 가진 것들을 꺼내 책상 쪽으로 던졌다. 돈은 물론이고 반지도 있었고, 목걸이도 있었다.

"이것들이! 누가 던지라고 했어?"

사내는 성질을 냈으나 다른 사내에게 눈짓을 해 모두 줍게 했다.

"이게 다야? 나중에 조사하다 걸리면 돌에 매달아 강물 속에 던져 버릴 테니까 알아서 지금 다 내놔! 어차피 너희들에겐 소용없는 물건이야!"

"흐흐흑, 없어요."

여인들의 대답.

"좋아, 믿어보겠어. 어차피 너희들은 이 배 안에 오랫동안 있어야 하니까 쓸데없는 데 힘 낭비하지 말고 얌전히 있어!"

사내들은 빼앗은 것들을 들고 모두 나갔다.

밀실의 문이 굳게 닫히고 다시 어두워진 실내. 새어드는 빛이라고 해봐야 통풍을 위해 뚫어놓은 작은 구멍으로부터 들어오는 몇 가닥의 흐릿한 빛뿐이었다.

그 무섭고 두려운 공포 속에서 반야의 목소리가 울렸다.

"울지 마세요. 다들 힘내고 조금만 참아요."

그러자 여인들이 반야 곁으로 슬금슬금 모여들었다.

간절한 눈빛들.

"흑흑, 아가씨! 정말 우린 구출될 수 있는 거죠?"

"네, 절 믿으세요. 할아버지께서 곧 절 찾아오실 거예요."

"정말 아가씨 할아버지가 낭왕이 맞나요?"

"네, 제 이름은 염반야. 할아버지께서 지어주신 이름이에요. 낭왕의 손녀가 맹인이란 얘긴 못 들어보셨나요?"

여인들의 얼굴에 희망의 빛이 어렸다. 그녀들 중엔 잡혀와 배 안에 갇힌 지 한 달이 넘은 여인도 있었고, 제대로 먹지 못하고 햇볕도 받지 못한 채 상심하고 고통스러워하다가 죽어나간 여인들까지 있었다.

그런 그녀들에게 마지막에 잡혀온 반야는 하늘에서 던져

준 희망이었다.

낭왕의 손녀라니. 여인들은 의심하지 않았다. 자신들과는 다르게 너무도 고고하고 차분한 그녀를 어찌 믿지 않을까.

몰골이 몹시도 마르고 피폐하기 그지없는 여인 하나가 물었다.

"그런데 우릴 찾을 수 있을까요?"

"그럼요. 할아버진 세상에서 못하는 일이 없는 분이거든요. 더구나 납치당한 손녀를 못 찾을 리 없어요."

반야가 모두를 위해 방긋 미소까지 지어보이자 여인들은 기쁨의 눈물을 뿌렸다.

"아아, 정말 낭왕께서 와주신다면! 정말 와주신다면!"

                    *   *   *

"이봐, 느낌이 좀 수상하지 않아?"

밖으로 나온 사내 중 하나가 자꾸만 고개를 갸웃대며 물었다.

"뭐가?"

"그 봉사 계집 말이야. 아무래도 하는 짓이 예사롭지가 않아! 정말 낭왕의 손녀면 어쩌지? 그렇다면 정말 큰일이잖아."

"걱정도 팔자다. 설령 낭왕의 손녀라도 어쩔 거야? 어디로 끌려갔는지도 모를 텐데."

"그래도 우릴 본 놈이 있잖아. 그놈을 차라리 죽이고 올 걸 그랬나?"

"시끄러! 그놈도 우리가 배를 이용하는 줄 모르잖아. 그렇게 걱정되면 애들한테 감시나 잘 시키고 있어. 난 형님께 갔다 올 테니까."

"알았어!"

성질을 낸 자가 챙긴 돈과 패물들을 들고 선주실로 올라가자 남은 사내는 선수와 선미 쪽에 경계를 서는 수하들을 향해 고함을 질렀다.

"야, 이 새끼들아! 혹시 모르니까 접근하는 놈 없나 잘 살펴! 작은 조각배 하나라도 접근하게 해선 안 돼! 알았어?"

사내는 그래도 마음이 안 놓이는지 자신이 직접 갑판을 오가며 이쪽저쪽 강을 살폈다.

"젠장, 왜 이리 불안하지? 예감이 안 좋아!"

＊　　　＊　　　＊

미기는 끈질기게 버틴 덕에 조금씩 독의 기운에서 벗어나고 있었다.

침대 위에 가부좌를 틀고 앉아 식은땀까지 줄줄 흘리는 그녀. 뒤집어쓴 미혼산의 양을 생각할 때 쓰러져도 벌써 쓰러졌어야 할 그녀지만 이겨내려는 의지가 놀라웠다.

"이봐, 시간이 얼마나 됐지?"

미기가 거의 두 시진 만에 입을 열었다.

창가에 붙어 서서 밖을 내려다보며 외수가 무사히 돌아오기를 학수고대하고 있던 시시가 얼른 돌아서 대답했다.

"곧 날이 저물 것 같아요, 공주님!"

"벌써? 이런?"

미기가 일어나려고 기를 썼다. 그러나 채 일어서지도 못하고 비틀대며 다시 주저앉았다.

"공주님?"

"이러면 안 되는데. 꼰대들이 돌아올 시간이 되었는데."

마음이 급한 미기였다. 처음으로 한 실수를 스스로도 용납할 수가 없었다.

어지러움이 남아 있는 미기가 시시를 올려다보며 물었다.

"궁외수, 그 인간이 반야를 구했을까?"

"전 공자님을 믿어요. 반드시 구해올 거예요."

"답답해. 상황을 모르니."

미기가 한숨을 푹푹 내쉬었다.

그때, 객방의 문이 열렸다. 헛걸음을 하고 들어서는 네 사람.

마음의 준비를 하지 못했던 시시와 미기가 동시에 화들짝 놀랐다.

"태, 태사부?"

"미기야?"

어리둥절한 표정의 명원신니. 구대통과 무양, 낭왕의 표정도 마찬가지였다. 미기와 같이 있는 얼굴이 엉뚱했기 때문이다.

"너, 너는?"

무림삼성이 시시를 빠르게 알아보았다.

그들을 향해 꾸벅 고개를 숙이는 시시.

"반야는 어디 있느냐?"

낭왕의 음성이 객방 안을 소용돌이쳤다.

내려다보는 부리부리한 눈. 미기는 힐끔댈 뿐 낭왕을 올려다보질 못했다.

"그, 그게……."

명원이 다시 재촉했다.

"무슨 일이야? 어떻게 된 거야? 반야는?"

그때 시시가 대답했다.

"공주님께선 지금 미혼산을 당한 상태입니다."

"너는 누구냐?"

낭왕의 물음이었다.

구대통이 대신 대답했다.

"극월세가 시녀다. 궁외수와 같이 다니는!"

"……?"

당최 어리둥절하기만 한 낭왕. 궁외수의 시녀가 왜 여기 있고, 반야는 왜 보이지 않는지.

구대통이 다시 미기를 다그쳤다.

"이 아이가 왜 여기 있느냐? 반야는 어디 있어? 미혼산이라니? 미혼산을 왜 당해?"

"아 씨, 하나씩 물어! 안 그래도 어지러워 죽겠고만!"

그때 낭왕이 미기를 향해 손을 뻗었다.

솥뚜껑 같은 손이 우악스럽게 뻗쳐오자 미기가 질색을 하며 비명을 질렀다.

"으아악! 저리가! 날 죽이지 마! 살려줘!"

하지만 낭왕의 손은 가녀린 미기의 어깨를 움켜잡았다. 그리고.

푸스스스.

미기의 몸으로부터 뿜어지는 기체. 한순간에 미혼산의 독성을 날려 버린 낭왕의 내공이었다.

엄청난 내력, 거대한 체구, 무시무시한 눈. 그리고 이어지는 저승의 울림 같은 음성.

"내 손녀는 어디 있느냐?"

"납, 납치… 당했어!"

대답이 떨어지자마자 폭발할 것 같은 노기를 일으킨 낭왕.

시시가 말도 제대로 못하는 미기를 거들어주었다.

"거리에서 인신매매범으로 보이는 자들에게 납치된 듯합니다. 궁외수 공자님이 그들을 쫓고 있는 중입니다."

"그놈이 어떻게?"

"우연히 거리에서 미혼산에 당한 공주님을 봤고, 손녀께서 납치당했다는 말을 듣자 달려간 것입니다. 여기로 오는 길에 그자들이 마차를 타고 오는 걸 봤던 터라 그들이 손녀를 데려갔을 방향을 짐작해 쫓아가셨습니다."

낭왕이 놀라는 사이 구대통이 화를 터트렸다.

"인신매매라니? 바보 같은! 그런 놈들에게 당했단 말이냐?"

그때, 갑자기 요란한 소리를 내며 객방의 창문이 터져 나갔다.

콰쾅!

방 안에서 시시와 낭왕의 모습이 사라지고 없었다. 어찌할 틈도 없이 낭왕 염치우가 시시를 낚아채 밖으로 튀어나간 것이었다.

"이런?"

구대통이 무양, 명원과 함께 황급히 미기를 잡아들고 뒤따라 창문으로 몸을 날렸다.

*   *   *

새벽이 밝아오고 있었다.

밤새 달려온 외수도 지쳐 있었고, 백설도 지쳐 있었다.

농부에게 물어 찾아갔던 나루에선 시간이 늦어 멀리 지나가는 배를 바라만 보아야 했다. 가는 길이 험했고 꽤 먼 거리를 돌아간 탓이었다.

길은 점점 험해지고 있어 외수는 길도 아닌 곳을 달려야 했다. 높은 협곡을 이룬 곳이 있는가 하면 산이 가로막혀 돌아가야 하는 곳도 있었다. 강줄기도 점점 넓어졌다. 다른 강줄기가 모이는 합수머리에선 배가 어느 방향으로 갈지 몰라 밤사이 높은 곳에서 지켜보고 있어야 했다.

외수는 자신보다 말이 걱정이었다. 지친 기색이 역력한 백설.

"백설! 미안하다. 조금만 더 힘내라. 곧 나루터가 나올 거야."

외수는 백설의 목을 두드려 주었다.

그러나 현저히 떨어진 백설의 속도였다. 외수가 안타까움을 삼키는 그때, 뒤로부터 여러 필의 말이 달려오는 소리가 들려 돌아보았다.

"이보게! 잠깐 서게!"

새벽어둠 속을 달려오는 자들. 차림으로 보아 관원이었다. 모두 여섯 명.

사십 즈음의 텁석부리 장한이 외수를 살피곤 물었다.

"어린 친구로군. 불법 밀항선을 쫓고 있는 사람인가?"

외수는 고개를 끄덕였다.

"그렇소."

"신고를 받았다. 이곳 관부에서 나온 줍포일세."

이전 나루터에서 외수가 사람들에게 신고해 줄 것을 당부했는데 밤사이 달려온 모양이었다. 솔직히 기대도 하지 않았기에 외수는 뜻밖에 달려와 준 그들이 무척이나 반가웠다.

"배는 어디 있나?"

"따라가는 중이오."

"인신매매꾼들이 탔다는 게 정말인가?"

"그렇소. 화양에서부터 추적해 왔소."

"음! 그렇잖아도 각 고을마다 납치된 실종자들 때문에 골치를 썩이고 있었는데, 정말 놈들이었으면 좋겠군."

"그런데 이 인원으로 되겠소? 적잖은 범죄자들이 탔을 것 같은 큰 배였는데?"

"추가로 인원이 따라올 걸세. 그리고 다른 관부에도 공조를 요청했네. 군선이 뜰 거야. 놈들의 행로가 확인된 이상 빠져나갈 순 없지!"

외수는 다행이라 생각했다.

"다음 나루는 어디요?"

"곧 나타나네. 조금만 더 가면 되지!"

"갑시다! 우리가 먼저 가서 배를 띄워놓고 기다려야 하오."

외수의 말에 관원들은 즉시 움직였다. 외수도 지친 백설이 조금만 더 힘을 내주길 바라며 그들과 같이 달렸다.

"배가 지나간 것인가?"

나루터에 도착한 즙포사신이 드넓은 강을 바라보며 외수에게 물었다.

"아니오. 우리가 먼저 도착한 것이오. 따라잡을 배부터 구해야 하오."

"그래야겠지!"

말이 떨어지기가 무서웠다. 즙포사신은 돌아서 사람들을 향해 고함을 질렀다.

"들어라! 사성 관부에서 나온 즙포사신이다. 지금 여기 있는 배들을 모조리 징발하겠다. 징발에 대한 보상은 나중에 따로 충분히 할 것이다. 사공들은 모두 타서 주요 범죄자를 잡는데 협조하라! 다시 한 번 명백히 말하건대 보상은 몇 배로 따를 것이다."

작은 나루터라 배라고 해봐야 최대 대여섯 명이 탈 수 있는 거룻배뿐이었다.

마음이 급한 외수는 추가 인원을 기다릴 수 없어 관원들을 재촉해 징발된 세 척의 배에 나눠 타고 바로 강심으로 나아갔다.

*   *   *

"아아, 날씨 참 좋군. 이런 날 배 위에 있어야 한다니."

낭왕의 손녀, 반야를 납치했던 사내 중 하나가 갑판을 내리쬐는 오전 햇살을 마음껏 즐기며 기지개를 켰다.

"이봐, 도치! 이런 날 계집들도 햇볕 좀 쏘이게 해야 하는 거 아냐? 보니까 다들 비실비실하던데. 또 죽으면 안 되잖아."

"그래야겠군. 아무래도 몸값 제대로 받으려면 상하면 안 되지. 좋아! 마침 뱃길 구간도 인적이 없는 협곡을 지나가는 중이니 코에 바람 좀 넣게 해주자고."

한쪽에 놓인 긴 의자에 한가하게 늘어져 있던 도치란 사내가 아침 식사를 마치고 나오는 수하를 향해 소릴 질렀다.

"가서 계집들을 데리고 올라와! 주의 충분히 주고!"

"옛, 대장!"

칼을 찬 자들 중 서너 명이 갑판 아래로 우르르 내려갔다.

잠시 후 초췌하기 짝이 없는 여인들이 하나둘 모습을 드러냈다.

"밖에 나왔다고 함부로 입 여는 년 있으면 떼거리로 맛을 보여줄 테니까 모두 얌전히 굴어!"

칼을 찬 사내들의 위협. 어두운 밀실에서 나온 여인들은 눈이 부시는지 걸음도 못 떼고 주춤거렸다.

그때, 도치란 사내가 고함을 쳤다.

"야! 퀴퀴한 냄새 나니까 모두 갑판 저쪽으로 몰아!"

그의 말에 여인들은 모두 선수 쪽으로 내몰려졌다. 당연히 그녀들 중엔 반야도 있었고, 그녀는 다른 여인의 팔을 잡고 따라 움직였다.

"다들 앉아! 얌전히 굴면 한동안 햇볕을 쬘 수 있게 해줄 테니까 얌전히 굴어!"

갑판 한가운데 동그랗게 모여 앉은 여인들. 겁에 질려 오돌오돌 떨기만 하는데, 처량한 처지 때문인지 무리 속에서 흐느낌이 흘렀다.

아니나 다를까, 사내들의 고함이 따랐다.

"누가 우는 소릴 내는 거야? 그치지 못해?"

그때, 나이 오십 정도 된 인물이 선실 쪽에서 걸어 나왔다. 길쭉한 얼굴에 찢어진 눈매가 몹시도 날카로운 자였다.

그가 나오자 사내들이 일제히 허리를 굽혀 인사했고, 늘어진 자세로 오전 햇살을 즐기고 있던 도치란 사내도 의자에서 벌떡 일어섰다.

"형님!"

"흠, 햇빛 구경시키는 게냐?"

"그렇습니다. 워낙 칙칙해서요. 다들 괜찮은 아이들인데 상하면 안 되지 않겠습니까. 흐흣!"

"그래야지. 특별주문 받은 애들이니까 잘 관리해 줘! 서장까지 가려면 앞으로 한 달 이상 가야 하니까"

선주이자 우두머리인 듯한 자가 흡족한 눈길을 뿌리며 도치가 일어난 의자에 앉으며 물었다. 그는 생긴 것과는 달리 목소리나 행동이 무척이나 진중하고 무거운 자였다.

"그런데 자기가 낭왕의 손녀라고 우긴다는 아이가 저 아이냐?"

반야를 정확히 지목하는 남자. 여인들 틈에서 뚜렷이 구분되었기 때문이다.

"맞습니다, 형님! 애석하게도 봉사죠."

"흠, 평범하진 않군. 도치 네가 보기엔 어떠냐?"

"하핫! 말도 안 되는 소리죠. 낭왕의 손녀가 정안 시장 바닥을 돌아다닐 리가 없지 않습니까. 그는 부오산에 칩거 중이고 세상에 안 나온 지 꽤 되었다고 들었는뎁쇼. 하하핫!"

도치란 사내의 과장된 웃음이 애써 부정하고픈 의식이 엿보였다.

"그의 손녀가 맹인인 것도 틀림없는 사실이긴 하지! 나이가 저쯤 된 것도 맞고!"

"......"

두목의 말에 도치란 자가 흠칫했다.

"저 아일 이리 데려와 봐라!"

그러자 도치의 눈짓을 받은 수하 하나가 얼른 반야를 데려와 앞에 세웠다.

우두머리를 인지하지 못해 엉뚱한 곳을 바라보는 반야.

"착하게 생긴 아이로구나."

음성이 들리자 그제야 반야의 눈은 두목을 똑바로 응시했다.

"누구시죠?"

"흠, 정말 전혀 두려움을 갖지 않는구나. 무섭지 않느냐?"

"왜 무서워해야 하죠? 지금 당장 절 죽일 건가요?"

"그건 아니다만 우릴 널 아주 멀리 데려가 팔아버릴 생각이다."

"그럼 두려워해야 할 이유가 없어요. 그전에 전 이 배에서 내릴 거니까요."

반야의 대답에 도치란 사내가 바로 발끈했다.

"이 계집이 끝까지 수작을 피우는군. 그래, 널 구하러 온다는 할아비는 도대체 언제 오는 거냐? 하루가 지났는데 어째서 코빼기도 보이지 않는 것이냐?"

그에게로 고개를 돌리는 반야.

"말씀드렸죠. 할아버진 그때 볼일이 있어 정안에 가셨다고. 어제 늦게라도 돌아오셨다면 오늘 중으론 절 데리러 오실 거예요."

"뭐?"

도치의 눈이 찢어졌다.

"이런 미친 것이!"

따귀라도 한 대 때리려는 그때 두목의 손이 가만히 들려 그의 행동을 제지했다.

"왜 흥분하고 그래?"

"죄송합니다, 형님! 계집이 워낙!"

도치가 얼른 손을 내리고 물러섰다.

가만히 반야를 보던 두목이 웃음을 짓고 일어났다.

"재미있군. 재미있어. 후후후!"

두목이 선실로 들어가고 나자 도치가 반야를 윽박질렀다.

"너, 이 계집! 두고 보겠다. 만약 오늘 중에 네 말대로 되지 않으면 뜨거운 맛을 제대로 보여줄 것이야. 꼴 보기 싫으니까 저리 꺼져!"

반야가 다시 뒤돌아 여인들 쪽으로 걸었다. 앉아 있던 여인 하나가 다가와 반야의 손을 잡고 이끌어주었다.

반야가 끄트머리에 와서 조심조심 앉자 여인 하나가 구슬 픈 목소리로 물었다.

"아가씨, 정말 오늘 중에 오실까요?"

"네, 올 거예요. 어쩌면 한두 시진 내에 오실 수도 있어요."

반야의 말에 여인들의 얼굴에 비로소 웃음이 번졌다. 처음 으로 웃음을 짓는 얼굴들. 강 쪽을 보려고 고개를 삐죽이 들 어보는 여인도 있었다.

그때, 뱃머리에 붙어 있던 한 사내가 소리쳤다.

"대장! 앞에 작은 배들이 있습니다."

도치란 사내 옆에 있던 자가 반응했다.

"배라니? 어부들 고깃배 아냐?"

"아닌 것 같은데요. 멀어서 확실치는 않습니다만 복장을 보니 관원 같습니다."

"뭐?"

사내들이 우르르 뱃머리로 달려갔다.

"뭐야, 저게?"

"대장, 우리 쪽으로 오는 것 같죠?"

도치의 눈초리가 일그러졌다. 확실히 관원이었다.

"저것들이 왜 여기서 설쳐?"

"어쩌죠? 아무래도 우리가 목적인 것 같은데."

"고작 에닐곱 명이잖아? 놔둬. 저런 작은 배를 타고 뭘 어쩌자는 건지."

사내들의 반응에 여인들이 술렁거렸다. 여인들은 뱃머리로 달려가 확인하고 싶은 생각이 굴뚝같았지만 그럴 수 없어 반야를 잡고 매달렸다.

"아가씨, 관원들이래요. 할아버지께서 오신 걸까요?"

반야는 고개를 갸웃했다.

"아닐 거예요. 할아버진 관부의 사람과 같이 움직이지 않아요. 관원의 힘이 필요한 분이 아니거든요."

"신고해서 같이 왔을 수도 있잖아요. 틀림없을 거예요. 정말 아가씨 말처럼 나타난 걸 보면!"

낭왕이라 믿고 싶은 여인들의 간절함. 반야는 더 이상 고개를 저을 수가 없었다. 그리고 반야 자신도 할아버지이길 바랐다.

그때 멀리서 고함이 들렸다.

"사성 관부의 즙포사신이다. 닻을 내리고 배를 멈추어라!"

도치가 느물대며 응대했다.

"관부의 즙포나리께서 우리 배에 무슨 볼일이오?"

"승인을 받고 운항하는 배인지, 싣고 있는 화물의 불법 여부에 대한 검문검색을 실시하겠다. 배를 멈추고 순순히 응하라!"

"하하하, 그런 건 나루터에서 이미 다 받았소. 강 한가운데에서 어떻게 배를 세우라는 것이오. 그리고 당신이 배에 오르도록 내려줄 사다리나 밧줄도 없소. 정히 뭘 하려거든 다음 나루터에서 기다렸다 하시오!"

당연히 거짓말이었다. 그때 옆의 한 사내가 외수를 알아보았다.

"이봐, 도치! 저놈 좀 봐! 그놈 맞지? 우릴 봤던!"

동료가 가리키는 곳을 쳐다본 도치가 서서히 안면을 굳혔다.

"그래, 그놈이 맞군. 저 새끼가 신고한 거였어. 젠장!"

이빨을 깨무는 도치.

"어떡하지?"

"어떡하긴 뭘 어떡해! 무시하고 받아버려! 어차피 놈들은 배에 올라타지도 못해!"

성질을 내는 도치의 말에 동료가 비릿하게 웃었다.

"흐흣, 그렇군. 무시하는데 놈들이 어쩌겠어. 배를 더 빨리 몰자고!"

수하들에게 명령을 내린 사내가 방향타를 잡은 자에게도 수신호를 보냈다.

"뭐야, 저것들이 미쳤나?"

즙포사신을 비롯한 관원들은 놈들의 배가 돌진해 오자 당황했다. 저항을 예상 못한 건 아니지만 실제로 눈앞에서 들이받으리 하니 대책이 없었다. 뛰어오르려 해도 너무나 크고 높은 배.

"피, 피해!"

즙포사신이 노를 젓는 사공을 다그쳤다.

그러나 관원들과 따로 배를 탄 외수가 소리쳤다.

"안 되오! 저들이 우릴 확인한 이상 여기서 보내면 그대로 놓칠 가능성이 높소. 무슨 일이 있어도 배에 올라타야 하오."

"어떻게? 뾰쪽한 수가 없지 않은가."

"작살을 준비하지 않았소? 작살을 내게 주시오 내가 배에 오르겠소."

다급한 외수.

즙포사신이 직접 배에 실려 있던 작살을 던져 주었다.

외수가 받은 작살은 어부의 물건이었다. 앞에 뾰쪽한 쇠가 박혔고 뒤로 줄을 달아 던져서 물고기를 잡는 도구였다. 놈들이 검문검색에 응하지 않을 경우 만일을 대비해 강제로 배에 오르기 위해 준비한 것이었다.

"이봐, 저렇게 빨리 움직이는 배를 어떻게 오른단 말인가?"

즙포사신이 우려를 표했으나 외수는 대꾸하지 않고 자신이 탄 배를 젓는 사공에게 말했다.

"사공! 헤엄쳐서 저쪽 배로 옮겨가시오. 노는 내가 잡겠소."

노년의 사공은 두말하지 않고 후퇴하는 관원들의 배를 향해 물로 뛰어들었다. 딱 봐도 상황이 위험했기 때문이다.

외수는 노를 잡지 않았다. 어차피 놈들의 배가 밀어붙이려 달려오고 있었기에 노는 놔두고 작살에 달린 줄부터 자신의 손목에 묶었다.

"위험해!"

관원들이 소리쳤다. 작은 거룻배 정도야 부서지지는 않더라도 물살에 휩쓸려 뒤집힐 것은 너무도 빤한 현실. 하지만 외수는 작살을 든 채 우뚝 서서 달려오는 배를 노려보았다.

뱃머리에서 내려다보고 있던 사내들이 비웃었다.

"저 새끼 뭐하는 거야? 미쳤군!"

"낄낄낄, 사공이 도망쳤으니 어쩔 수 없는 게지. 그대로 수

장시켜 버려!"

위에서 내려다보는 그들의 시야에서 외수가 뱃전 밑으로 보이지 않게 되었을 때 외수는 들고 있던 작살을 던졌다. 부딪치기 일보 직전에 감행한 행동이었다.

콱!

작살이 박혀드는 순간 외수는 물로 뛰어들었고 타고 있던 배도 곧바로 뒤집혔다.

"낄낄, 물귀신이 되겠군."

뒤집힌 채 떠내려가는 배를 확인한 사내들이 맘껏 낄낄댔다.

"여어, 줍포나리! 다음에 보자고!"

그들은 간신히 피한 관원들을 향해 어쩔 수 없는 사고였다는 듯 손까지 흔들어주었다.

그러나 관원들이 탄 배가 다시 따라붙기 시작했다.

"어라, 저것들 뭐하는 거야? 우릴 따라오겠다는 거야?"

도치란 사내 역시 어이없단 표정을 했다.

"미친 것들! 노 따위로 젓는 배로 얼마나 따라오겠다고. 놔 둬! 헛심 쓰는 꼴을 즐기기나 하게!"

정말 악착같았다. 속도의 차이 때문에 점점 멀어지는 데도 관원들은 사공을 재촉해 따라붙으려 애를 썼다.

그때, 갑판의 반야가 고개를 갸웃했다.

"아가씨, 왜 그러세요? 뭔가 느껴져요?"

"쉿! 누군가 배를 오르고 있어요."

반야의 말에 여인들은 속으로 환호를 내질렀다.

반야는 뱃전에 무언가 박혀드는 소리를 듣고 있었다. 그리고 잠시 후 뱃머리 쪽에 그 소리의 주인공이 올라섰다.

작살을 이용해 배를 기어오른 궁외수였다.

흠뻑 젖어 물이 뚝뚝 떨어지는 상태로 손목에 줄을 묶은 기다란 작살을 든 모습. 갑자기 등장한 그의 모습에 뱃머리 여기저기에 붙어 있던 사내들이 기겁을 했다.

"뭐, 뭐냐, 네놈은?"

생각지도 않았던 인간이 죽지도 않고 뱃머리에 나타났는데 어찌 놀라지 않을까.

돛대로 연결된 밧줄을 잡고 뱃머리에 우뚝 올라선 외수가 갑판을 쓸어본 뒤 모여 있는 여인들을 향해 나직이 외쳤다.

"염반야가 누구요?"

여인들이 일제히 반야를 쳐다보았지만 반야는 어리둥절해 고개만 갸웃거렸다. 당연히 할아버지의 목소리가 아니었고, 들어본 적도 없는 사내의 목소리였기 때문이다.

여인들의 시선을 확인한 외수가 갑판으로 뛰어내렸다. 그리곤 반야를 향해 뚜벅뚜벅 걸었다.

"너 뭐야, 이 새끼?"

사내들 중 하나가 덤벼들려 깝죽대다 움찔하고 말았다. 슬그머니 돌아본 외수의 눈초리가 너무나 무서웠기 때문이다.

단단히 날이 선 눈. 눈길만으로도 목을 벨 수 있을 것 같은 섬뜩함이 서려 있었다.

"너냐, 낭왕의 손녀가?"

외수는 자신을 빤히 보고 있는 여인이 맹인인지 아닌지 구분이 되지 않아 직접 물었다.

대답을 옆의 여인들이 대신 했다.

"네! 맞아요! 이 아가씨가 낭왕의 손녀세요. 이름은 염반야! 저흴 구해주러 오신 분인가요?"

외수는 여인들을 쓸어보았다. 대부분 어린 소녀들. 너무나 간절한 눈빛들. 지쳐 초췌한 그들의 모습에서 외수는 일어나는 분노를 주체할 수 없었다.

도치를 비롯한 반야를 납치했던 자들은 낯빛이 허옇게 떠 있었다. 확인된 반야의 신분. 정신마저 아득해졌다.

그런 그들을 향해 외수가 돌아서 작살을 들었다.

"관부에서 왔으니 내가 네놈들에게 손을 쓰진 않겠다. 당장 배를 세우고 관원들이 올라올 수 있도록 밧줄을 내려라!"

허옇게 질린 도치가 외쳤다.

"네놈, 낭왕과 관계있는 놈이냐?"

"그딴 게 왜 중요해? 지금 화를 참고 있는 중이니까 말시키지 말고 배나 세워! 마음 같아선 한 놈도 살려주고 싶지 않으니까!"

"낭왕은 어디 있느냐?"

도치란 사내가 다시 내친 고함. 그 순간 외수가 불같이 반응했다.

"말시키지 말랬지!"

슈악!

들고 있던 작살을 던져 버린 외수.

콱!

생각지도 못한 끔찍한 장면이 벌어졌다. 작살은 미처 피할 틈도 주지 않고 도치의 가슴 한복판을 꿰뚫고 있었다.

"끄, 끄으……."

놀란 눈으로 외수를 보며 고통스런 신음을 흘리는 도치.

그는 작살이 날아와 박히는 그 순간까지도 자신의 운명을 감지하지 못했다. 거리도 있었고 상대가 도발하더라도 피하면 된단 생각이었다. 한데 그처럼 눈 깜짝할 사이에 작살이 날아와 박혀들 줄이야.

끝까지 믿지 못하겠다는 듯 외수를 노려보던 도치는 한마디도 내뱉지 못하고 그대로 썩은 짚단처럼 앞으로 고꾸라졌다.

누구도 움직이지 못했다. 자신들의 갑판 우두머리가 죽어 나자빠졌는데도 모두가 그 섬뜩함에 놀라 주춤댈 뿐이었다.

그런데 외수는 거기서 그치지 않았다. 물에 떠내려가지 않기 위해 손목에 묶었던 작살의 줄을 잡아끌더니 질질 끌려온 도치의 몸뚱이를 한쪽 발로 밟고 작살을 쑥 뽑아들었다.

원래 작살이라는 게 '미늘'이란 게 있어 한 번 꽂히면 잘 빠지지 않도록 만들어진 물건. 그럼에도 외수는 단번에 뽑아 들었고, 살점까지 뜯어낸 작살은 시뻘건 핏물을 갑판에 적셔 놓았다.

그 바람에 갑판 위엔 공포가 더욱 흥건해졌다. 여인들은 모두다 반야 곁으로 붙어 섰고, 납치범들은 칼을 빼들고도 뒷걸음질 쳤다.

"배 안 세워?"

외수는 작살을 들어 다른 자들을 겨누었다. 그러나 겁에 질려 물러나기만 할 뿐 말을 들을 기미가 안 보였다.

결국 외수는 직접 움직여 돛으로 연결된 줄 하나를 풀어버렸다. 그러자 돛의 위쪽 활대가 주저앉으며 배의 속도를 현저히 떨어뜨렸다.

외수는 거기서 그치지 않고 곧바로 닻을 감아올려 놓은 물레 쪽으로 움직였다. 그리곤 칼을 뽑아 물레를 고정한 줄을 끊어버렸다.

드르르륵!

거북한 소리를 내며 닻줄이 빠르게 풀려 나갔다.

닻이 강바닥에 걸리자 배는 더 나아가지 못하고 급격히 선회하는 모양을 보였다.

그때 선실 문이 열렸다.

"어느 놈이 허락도 없이 내 배를 건드리는 것이냐?"

여유로운 모습으로 걸어 나오는 우두머리. 그의 손에 들린 기다란 칼 한 자루가 인상적이었다.

"쯧쯧, 새파란 놈에게 겁을 집어먹은 꼴들이라니."

그는 죽어 나자빠진 도치와 스무 명에 이르는 수하를 돌아보며 혀를 찼다.

"두, 두목……."

쳐다보는 수하들의 눈초리가 거의 애원하다시피 했다. 낭왕과 관련된 자라는 사실과 도치를 일격에 죽인 공포 때문에 믿을 사람은 두목뿐이라 외치고 있었다.

"네가 두목이냐?"

시퍼런 외수의 눈초리가 즉시 그에게 날아가 박혔다.

"죽고 싶지 않으면 너부터 대가리 박아!"

"뭐? 대가리를 어떻게 하라고? 크크큭, 재미있는 놈이로구나. 감히 나 '도선풍(都旋風)'의 배에 올라 겁도 없이 설쳐대는 네놈은 누구냐?"

"……."

외수가 대꾸 않고 그를 향해 거침없이 걸어갔다. 대꾸할 가치도 없으니 그냥 죽어 버리겠단 태도였다.

"후후후, 하룻강아지! 불나방 같은 놈!"

딸칵!

비릿한 웃음을 지은 우두머리가 느긋이 늘어뜨리고 있던 칼의 칼집을 손가락으로 밀자 칼집은 흐르듯 벗겨져 바닥에 떨어졌다.

손잡이도 길고 도신도 무척이나 긴 칼. 보통 칼의 두 배는 될 듯한 길이였다.

그때 즙포사신이 뱃전에서 머리를 내밀며 고함을 쳤다.

"모두 꼼짝 마라!"

두목을 향해 다가가던 외수가 걸음을 멈추고 돌아보았다. 어떻게 올라왔는지 잽싸게도 배로 오른 그였다. 그뿐 아니라 다른 관원도 하나둘 머리를 내밀며 기어오르고 있었다.

"클클클, 허락도 없이 내 배에 오르는 인간이 왜 이렇게 많아?"

"흑살(黑殺) 도선풍?"

갑판으로 내려서던 즙포사신이 놀란 눈으로 우두머릴 알아보았다.

"크큭, 반갑군. 날 알아보는 자가 있다니."

긴 꼬리를 잇고 즙포사신 등을 노려보는 우두머리의 눈매와 미소가 섬뜩했다.

"어서와! 모처럼 내 칼에 피를 먹일 수 있겠어!"

"네, 네놈이 여기 있었구나!"

즙포사신의 기색에 당황스러움이 역력했다.

그럴 것이 흑살 도선풍은 수많은 고을에서 수배령을 떨어뜨린 유명한 살수였고, 십여 년 전 그 행방을 숨기기까지 자신을 쫓는 즙포들을 보란 듯이 무수히 죽여 버린 '절대악인'

이었던 탓이다.

"큭큭큭, 이제 배를 잘못 올라탔단 걸 깨달은 것이냐? 하지만 늦었어! 나를 본 이상 단 한 명도 살려 보낼 수 없거든!"

여유 넘치는 도선풍의 웃음.

그때, 그 웃음에 찬물을 끼얹는 목소리가 들렸다.

"지랄하네!"

외수의 비웃음이었다.

"뭐, 뭣?"

쳐다보는 도선풍을 비스듬히 노려보는 외수.

"죽을 놈이 누군데 살려주고 말고야? 처녀나 납치하는 네까짓 인간이!"

"우욱!"

도선풍의 이마에 핏대가 불끈거렸다.

외수가 걸음을 다시 이었다.

"다른 놈은 몰라도 네놈만은 살려두지 않겠다."

줍포사신이 외수를 저지하려 했다.

"이, 이봐, 물러서! 놈은 살귀야! 자네 같은 젊은이가 함부로 덤빌……?"

하지만 말이 끝나기도 전에 외수의 몸과 칼은 이미 도선풍을 향해 날아들고 있었다.

당연히 비린 웃음과 함께 도선풍의 긴 칼이 외수의 목을 향해 그어졌고, 그 순간부터 모두를 놀라게 할 믿지 못할 광경이 시작되었다.

콰악! 캉! 쾅쾅!

몇 번의 오가는 도격으로 불꽃이 튀는가 싶었다. 즙포들은 궁외수의 목이 떨어지거나 단숨에 밀릴 것이라 생각했다. 한데 그게 아니었다. 오히려 밀고 가는 쪽은 궁외수였다.

그리고 정말 터무니없는 결과가 나왔다.

콰곽!

"아이이!"

즙포들의 비명에 가까운 경호성. 외수가 도선풍을 꼬치에 생선 꿰어 널 듯 목에 작살을 꽂아 선실 벽에 박아버린 것이다.

놀랍게 발전한 궁외수의 무위. 그간의 경험과 연구가 무서울 만큼 빠르게 그를 변화시키고 있었다.

입이 떡 벌어진 즙포들과 도선풍의 수하들. 휘둥그런 눈들이 방금 벌어진 상황을 도저히 받아들이기 어렵다는 표정들이었다.

악명 드높던 살귀, 흑살 도선풍을 한순간에 해치워 버린 무위라니. 경악과 감탄이 동시에 쏟아졌다.

외수는 도선풍을 작살로 벽에 꽂은 것만이 아니었다. 오른손의 칼 역시 도선풍의 복부를 꽂아 넣고 있었다.

과정은 너무도 단순했다. 외수의 빠르고 영악한 계산과 겁을 모르는 담대함이 부른 결과였다.

바로 밀착 접근전!

도선풍 뒤엔 벽이 있었고, 외수는 긴 칼을 휘두를 공간을 주지 않기 위해 들이받을 듯이 파고들며 싸운 것인데, 도선풍의 뒷발에 벽이 걸리는 순간 뭘 어떻게 해볼 틈도 없이 외수의 작살과 칼이 도선풍의 목과 배를 뚫어버린 것이었다.

도선풍으로선 거의 밀착된 상태로는 외수의 두 가지 무기(?)를 동시에 방어할 수 없었고, 그 스스로도 결과를 받아들이지 못한 채 널어놓은 생선처럼 벽에 박혀 생의 종지부를 찍고 말았다.

쓰윽.

도선풍을 벽에 걸어 장식해 놓은 외수가 배를 가른 자신의 칼을 뽑았다. 그리곤 손목의 작살 줄도 풀어 던지며 이죽거렸다.

"흥, 별것도 아닌 게 누가 누굴 죽이고 말고 한다는 거야. 주둥이만 살아서!"

걸린 시간으로 봐선 절대 반박할 수 없는 백 번 지당한 말이었다. 그 바람에 도선풍의 수하들은 더욱 겁에 질렸고, 그런 그들을 향해 외수가 돌아서 뇌까렸다.

"대가리 안 박고 뭐해? 같이 죽겠다는 거야?"

아무도 반항할 수 없었다. 너도나도 칼을 던지고 갑판에 주저앉았다.

보고 있던 즙포사신이 뒤늦게 정신을 차리고 관원들에게 명령했다.

"모조리 포박해!"

살판이 난 것은 여인들이었다. 끔찍했던 순간은 잠깐이었고, 이제 살았다는 기쁨에 주저앉아 우는 여인도 있었다.

앞을 볼 수 없는 반야는 자신의 손을 잡고 있는 여인에게 물었다.

"어떻게 됐나요?"

"죽었어요. 우두머리가! 우린 살았어요. 흑흑흑!"

그제야 상기됐던 얼굴에 미소를 짓는 반야.

외수는 관원들이 굴비 엮듯 도선풍의 수하들을 묶는 것을 확인하곤 반야에게로 향했다.

"이름이 뭐야?"

확실히 확인을 하려는 외수의 말에 반야가 고개를 돌려 쳐다보았다.

"염… 반야예요."

"괜찮아? 다친 곳 없어?"

"네."

"가자, 객관으로 데려다 줄 테니!"

"자, 잠깐만요."

외수가 덥석 손목을 잡자 반야가 당황하며 손을 밀어냈다.

"저는 맹인이에요. 손을 잡을 게 아니라 팔을 제게 주셔야 해요. 그리고 여기 빼앗긴 우리의 소지품들이 있어요."

"소지품?"

다가선 즙포사신이 즉시 수하에게 명령해 선실을 뒤지도록 했다. 그리곤 얼마 지니지 않아 돈과 금붙이 등이 잔뜩 든 커다란 궤짝 하나를 들고 나왔고, 아직 풀지 않은 보따리를 찾아 펼쳐 놓았다.

"맞아요, 이게 우리 거예요."

여인들이 너도 나도 달려들어 자신들의 물건을 찾아갔다.

반야도 손을 내밀어 더듬더듬 전낭을 찾았다. 하지만 다른 여인이 먼저 찾아 그녀의 손에 쥐어주며 울었다.

"여기 있어요. 아가씨의 돈주머니예요. 고마워요, 아가씨! 아가씨 덕분에 살았어요. 흑흑흑!"

눈물을 그치지 못하는 여인들. 그녀들은 외수에게도 붙어 감사를 표했다.

"고맙습니다. 무사님! 저흴 구해주신 은혜 잊지 않을 게요. 흑흑, 흑흑!"

반야가 우는 그녀들을 다독였다.

"울지 마세요. 그동안 너무 많이 울었잖아요. 이제 집에 돌아갈 수 있게 되었으니 더 이상은 울지 마세요."

"네, 아가씨! 아가씨도 잊지 않을 게요."

외수는 슬그머니 여인들 틈에서 빠져나왔다. 이런 장면이 쑥스러웠기 때문이다.

잠시 후 여인들과 인사를 마친 반야가 외수에게로 왔다.

"우선 이 배를 내려가야 해! 그러려면 내 등에 업혀 단단히 잡아야 하는데, 할 수 있겠어?"

반야가 고개를 끄덕였다.

외수는 그녀를 데리고 뱃머리로 가 멀리 거룻배를 젓고 있는 사공을 부른 후, 타고 내려갈 밧줄을 늘어뜨렸다.

외수는 사공이 다가오길 기다렸다가 반야 앞으로 등을 내밀었다.

"업혀!"

반야가 더듬더듬 손을 내밀어 외수의 등을 확인하고 목을 끌어안았다.

가뿐하게 업고 일어나는 외수.

그때, 환한 얼굴의 즙포사신이 다가와 물었다.

"이보게, 바로 떠나려는 건가?"

"그렇소. 지체할 이유가 없잖소."

"음, 아직 이름도 못 물어봤군. 이름이 뭔가?"

"궁외수요."

외수가 이름을 말하는 순간 등에 업힌 반야의 눈이 커졌다.

'궁외수? 궁외수라고?'

어리둥절한 반야. 무림삼성이 거론하던 이름이었던 까닭이다.

"궁외수! 하하, 나도 자네를 잊지 못할 것 같군. 덕분에 놈들을 일망타진했을 뿐 아니라 저기 저 끔찍한 놈까지 잡았으니 말이야. 언제 한 번 우리 사성 관부에 들르게. 아니, 꼭 들러야 하네."

"꼭 들르라니, 그래야 하는 이유가 있소?"

"당연히 있지! 자네가 흑살 도선풍을 잡지 않았나. 저놈에게 이 고을, 저 고을에서 걸어둔 돈이 꽤 되지. 아마 다 합치면 황금 열 냥은 족히 될 걸세. 여기저기 돌아다닐 필요 없이 우리 사성 관부에서 챙겨놓겠네. 반드시 들러서 찾아가게."

"열 냥이나 된단 말이오?"

즙포사신이 놀란 눈을 하는 외수를 보며 빙긋이 웃었다.

"후훗, 자네에게 골로 간 저놈이 그만큼 끔찍한 놈이었다네! 관원까지 죽여 현상금이 더 붙었지!"

외수는 흑살 도선풍을 한 번 돌아보곤 고개를 끄덕였다.

"알겠소. 그러겠소."

"기다리겠네. 그럼, 잘 가게. 그때 보세."

인사가 끝나자 외수는 지체 없이 밧줄을 타고 배를 내려가기 시작했다. 대롱대롱 매달린 반야가 위태로워 보였지만 그녀는 작은 신음 한 번 흘리지 않았다.

외수가 거룻배로 옮겨 타고 강변을 향해 갈 때 배 위에서 즙포사신이 다시 고함을 질렀다.

"아, 이보게! 화양으로 가려거든 왔던 길로 가지 말고 사성 쪽으로 돌아서 가게. 그 길이 훨씬 빠르고 편해!"

"알겠소!"

第三章

뱀 아냐, 호랑이 심줄이야

저는 앞을 보지 못해요. 그래서 반드시 누군가를 잡고 걸어야 해요.

한데 전 한 번도 외간 남자의 손을 잡아본 적이 없어요.

하필이면 당신이 그 첫 번째 남자예요.

어떡하죠, 뛰는 가슴을 이제 주체할 수 없게 되었어요.

　　　　　　　　　　　　　　　　　　—잠 못 드는 밤, 혼자 하는 고백

또각또각.

백설에 반야를 올려 앉힌 외수는 밑에서 고삐를 잡고 걸었다.

강변을 떠나 호젓한 들녘으로 나왔을 때 위에서 고개만 갸웃대고 있던 반야가 외수를 불렀다.

"궁외수 무사님?"

"왜?"

외수는 이름을 부르든지 무사라 부르든지 둘 중의 하나만 하라고 하려다 그만두었다.

"왜 말을 안 타고 걷고 계세요?"

"밤새 달려온 말이야. 지금 나까지 타면 힘들어해서 안 돼!"

"그렇다면 무사님도 피곤하실 텐데?"

"괜찮아!"

무뚝뚝한 외수. 쳐다보지도 않았다.

반야가 고개를 갸웃대는 건 외수를 감지하려는 노력이었다. 어떻게 생긴 사람이고, 나이는 얼마나 되며, 또 어떤 행동 습관을 가진 사람인지.

"할아버지께서 보낸 분인가요? 할아버진 어디 계시죠?"

"난 네 할아버지 얼굴도 몰라!"

"그럼 어떻게 저를?"

"너와 같이 있던 꼬맹이가 그놈들에게 당하는 걸 봤어! 네가 납치됐다는 것도 그 녀석에게서 들었고."

"영령공주님이요?"

"그래."

"공주님은 어떻게 되셨나요?"

"뭐 미혼산인가 하는 독을 당해서 비실대는 걸 객관에 데려다 놓았으니까 걱정 마. 지금쯤 살 만할 테니까."

"공주님과는 어떤 관계이시죠?"

질문이 이어지자 갑자기 외수가 걸음을 멈추고 돌아보았다.

"야!"

"네?"

외수의 반응에 놀란 반야.

"너 뭐가 그렇게 궁금해? 나중에 가서 공준지 뭔지 그 꼬맹이에게 들어! 귀찮으니까!"

"......?"

귀찮다는 말. 놀라 창백해지기까지 한 반야는 더 이상 입을 열지 못했다.

침묵이 이어졌다. 그리고 멀리 도시가 보이기 시작했을 때 두 사람의 배에서 동시에 천둥소리가 울렸다.

꾸르륵. 꼬륵.

괜스레 얼굴이 붉어진 외수. 그러고 보니 자기는 시시가 없으면 쫄쫄 굶어야 되는 사람이었다.

"무사님, 근처에 마을이 보이나요?"

"보여!"

"그럼 간단히 식사를 하고 가면 좋겠어요."

듣던 중 반가운 소리. 외수는 즉각 반야의 뒤로 올라타고 백설을 몰아갔다.

거리의 음식점에 마주 앉은 외수와 반야.

식사를 마친 반야는 여물을 먹고 있는 백설의 소리에 귀를 기울이다가 아직도 식사 중인 외수에게 말을 걸었다.

"저기 무사님!"

"왜?"

"무사님은 저를 볼 수 있지만 저는 무사님을 보지 못해요."

"알아! 그게 왜?"

"최소한 지금 저와 같이 계신 분이 어떤 분인지 알고 싶어요."

"……."

외수는 물끄러미 반야를 쳐다보았다. 답답하기도 할듯했다.

"뭐가 궁금한데?"

"체격이나 생김새는 대충 알 것 같기도 한데, 연세는 얼마나 되신 분이세요?"

"연세?"

외수가 눈을 껌뻑댔다.

반야는 배에서 내려올 때나 말에 올라 탈 때 여러 번 부대껴서 외수의 키나 덩치는 감을 잡고 있었다. 한데 나이만큼은 짐작할 수가 없었다. 목소리론 젊은 사람 같은데 납치범들을 상대할 정도의 무위나 무림삼성과 할아버지가 쫓아다닐 정도면 적어도 서른 살은 넘긴 사람일 거란 판단 때문이었다.

"연세라니? 한창 팔팔한 스무 살의 청년이야!"

외수는 한 마흔쯤 된 사람이라고 말해 버릴까 하다가 그냥 솔직히 대답했다.

"네?"

외수는 반야의 반응을 이해하지 못했다.

"뭐야, 정말 날 영감으로 알았던 거야?"

얼굴이 시뻘겋게 달아오르는 반야.

"그런데 왜… 마구 반말이세요?"

"뭐? 너 몇 살인데?"

"열여덟이요."

"그런데? 내가 너보다 많잖아."

"겨우 두 살 차이잖아요. 더구나 남녀 간이고."

"그게 불만이야? 그럼 너도 반말해!"

"어떻게 그래요, 숙녀가!"

"그럼 불만 갖지 말든지. 난 나보다 어린 숙녀님한테 말 높일 생각 없으니까."

"……."

반야는 화난 얼굴로 외수를 노려보다 고개를 돌려 입을 닫아버렸다.

"다 먹었어! 일어나!"

외수가 일어나자 반야도 어쩔 수 없이 따라 일어났지만 시뻘겋게 열이 오른 얼굴은 지울 수 없었다.

"이리와, 태워줄게."

"아니에요. 걷겠어요."

반야는 외수가 내민 손을 단호히 뿌리쳤다.

멀뚱해진 외수.

"누구 맘대로. 난 바쁜 사람이야!"

외수는 강제로 반야의 겨드랑이를 잡고 달랑 들어 백설 위에 올려 앉혔다.

"어맛!"

"뭐가 어맛이야? 밤새 달려도 도착할 수 있을지 모르는데 여유 부릴 틈이 어딨어. 꼼짝 말고 가만히 앉아 있어!"

더 빨개진 반야.

외수가 바로 올라타고 길을 재촉해 갔다.

                    *   *   *

"어, 저게 뭐야?"

누군가의 고함에 관원들이 일제히 강 쪽을 바라보았다.

그들은 군선이 도착해 납치되었던 여인들과 체포한 자들을 옮겨 태우고 있던 중이었다.

등평도수(登萍渡水)를 펼치며 넓고 긴 강 위를 날듯이 쏘아져 오는 한 사람. 아니, 한 사람이 아니었다. 그는 옆구리에 한 사람을 더 낀 상태로 등평도수를 펼치고 있었다.

즙포사신 석중현의 입이 떡 벌어졌다. 말로만 듣던 꿈의 경공술을 눈앞에서 보고 있는 것이다.

물 찬 제비가 따로 없었다. 순식간에 배 위로 올라서는 거구의 인물. 석중현은 빠른 눈치로 그가 누구인지 바로 감을 잡았다.

"낭왕이십니까?"

"그렇다! 이 배가 여자들을 납치한 배냐?"

낭왕 염치우는 시시를 내려놓고 상황부터 살폈다.

"내 손녀는?"

"손녀 분은 궁외수란 친구가 안전하게 데려갔습니다."

"뭐라? 궁외수가?"

즙포사신의 말에 시시가 반색을 했다.

"그것보세요. 공자님께서 구출할 것이라고 했잖아요. 오는 길에 길이 엇갈렸나 봐요."

시시를 힐긋 돌아본 낭왕이 다시 석중현을 다그쳤다.

"언제 갔느냐?"

"한 시진쯤 전에 화양으로 간다고 배에서 내렸습니다만."

"음!"

맹렬히 추격해 온 낭왕이었으나 일단 손녀가 안전하단 말에 다소 안도했다. 하지만 삭여지지 않는 화 때문에 여전히 무시무시한 얼굴을 한 그가 줄줄이 묶여 군선으로 옮겨 타고 있는 범인들 쪽으로 눈을 돌렸다.

"저놈들이냐, 내 손녀를 납치한 놈들이?"

낭왕의 말에 관원들 지시에 따라 배를 옮겨 타던 자들이 기겁을 했다. 특히 반야를 직접 납치했던 자들은 오금이 저려 제풀에 주저앉을 판이었다.

낭왕의 눈초리를 읽은 즙포사신이 얼른 그 앞에 읊조렸다.

"저놈들은 저희들이 충분히 처벌하도록 하겠습니다."

"그렇겐 안 되지!"

낭왕이 거침없이 납치범들 쪽으로 움직였다. 한데 첫발을 떼어놓기도 전에 그는 움찔하며 다른 방향으로 고개를 돌렸다.

작살에 꽂혀 선실 벽에 걸린 시체 한 구. 마침 관원 몇몇이 붙어 그를 끌어내리려 하고 있었다.

인상이 일그러진 낭왕.

"저건 뭐냐?"

"두목입니다. 아주 악명 높던 범죄자입니다."

"누구 작품이냐?"

"궁외수 그 친구가 저 꼴로 만들었습니다."

낭왕은 직접 몇 걸음 다가가 시체의 상태를 확실히 확인했다.

"음!"

찌푸린 인상에 신음까지 흘린 낭왕. 완벽한 격살이었다. 고통을 느낄 새도 없이 숨통을 끊어버린.

"가자!"

낭왕은 다시 시시의 손목을 낚아채 반야를 데려간 외수를 쫓아 강 위로 날아갔다.

     *   *   *

가도 가도 산밖에 보이지 않는 길.

협곡과 협곡 사이를 지나는 외수는 다시 백설에게서 내려 걷고 있었다. 백설이 지쳐 제대로 달리지 못하기 때문이었다.

'젠장!'

가는 곳마다 초행길인 외수로선 난감하기만 했다. 날은 곧 어두워질 듯했고, 인가는 보이지 않았다.

"어디 사당이나 움막 같은 것도 안 보이나요?"

반야도 노숙해야 한다는 걸 인지하고 있었다.

"없어!"

"저를 내려주세요."

"왜?"

"더 이상 갈 수 없어요. 지금 말이 너무 많이 힘들어해요. 저 때문에 벌어진 일인데 당장 쉬게 해줘야 해요."

하긴 어젯밤 내내 그렇게 달리고 쉴 틈도 없이 또 달려야 하니 어찌 멀쩡할 수 있을까.

"여긴 마땅히 쉴 곳도 없어!"

"저기 앞쪽에 물소리가 들려요. 거기 쉴 곳이 있을 듯해요."

반야가 손을 뻗어 길 앞을 가리켰다. 그리곤 외수를 더듬어 고삐를 쥔 반대편으로 돌아와 팔을 잡았다.

"가세요."

조금 걸어가자 정말 길 조금 아래쪽에 개울이 보였고 듬성
듬성 풀이 자란 평지가 있었다.

"쉴만한 곳이 있나요?"

"그래. 지나는 사람들이 자주 이용하는 곳인 듯해."

노숙한 흔적이 곳곳에 보였다. 불을 피웠던 자리도 있었고,
발길에 뉘어진 풀들도 보였다.

그런데 외수를 잡고 조심조심 발을 내딛던 반야가 휘청했
다.

"어머!"

비탈의 작은 돌을 밟고 미끄러져 발을 헛디딘 것이었다. 간
신히 외수의 팔을 잡고 넘어지진 않았지만 큰일 날 뻔한 순간
이었다.

많이 비탈진 곳은 아니었으나 튀어나온 돌 따위를 군데군
데 딛고 내려가야 하는 길. 외수는 백설의 고삐를 놓고 반야
에게 등을 내밀었다.

"업혀!"

"네?"

"여긴 네가 내려가기엔 힘들어!"

반야는 망설이다 어쩔 수 없이 외수의 등을 더듬었다. 배에
서 매달릴 때완 달랐다. 상대를 인지하고 난 후라 부끄러움이
먼저였다.

외수는 반야를 업고 성큼성큼 아래로 내려가 아예 밤사이 휴식을 취할 만한 곳에다 내려주었다.

"거기 앉아! 뒤에 납작한 돌이 있어."

외수는 다시 백설을 데리고 내려와 풀어놓고 개울로 향했다. 도선풍의 피가 묻은 바짓가랑이와 장포를 씻으려는 것이었다.

반야는 외수가 말한 돌 위에 앉아 주위를 더듬었다. 그리고 손에 잡힌 나무꼬챙이 하나를 들고 조심스럽게 살피더니 그것을 지팡이 삼아 이리저리 휘저으며 혼자 움직이기 시작했다.

어떤 곳인지 스스로 알아보려는 모양이었다. 근처 나무도 확인하고 커다란 바위도 확인하고, 풀이 자란 곳도 일일이 확인한 반야는 조심조심 덤불이 있는 작은 숲으로 들어갔다.

물에 장포 자락을 씻고 있던 외수가 그 모습을 물끄러미 치켜보다 피식 웃었다.

"후훗, 쉬가 마려웠던 모양이군. 혼자서도 알아서 잘하네."

잠시 후 반야는 덤불숲에서 아무 일도 없었다는 듯 나와 원래 앉았던 바윗돌 위에 다시 다소곳이 앉았다.

외수는 장포와 바짓가랑이를 씻고 난 뒤 주위를 돌며 밤사이 쓸 마른 나뭇가지들을 주워 모았다.

돌 위에 앉은 반야의 고개가 외수가 움직이는 대로 따라 움직였다. 미세한 발소리를 따라 움직이는 것이었는데, 반야는 외수가 뭘 하는지 궁금해 연신 고개를 갸웃대다 결국 못 참고 물었다.

"뭘 하시는 거예요?"

"이런 산속은 날이 지면 차가운 골바람이 불어서 추워! 모닥불이라도 피워야 해!"

외수는 한동안 꽤 많은 나무를 모아 수북이 쌓아놓고 다시 말했다.

"먹을 걸 준비 못했으니까 배고파도 참아!"

"네."

외수는 백설이 풀을 뜯고 있는 쪽으로 걸어갔다. 그리곤 풀밭 한가운데 있는 작은 돌 위에 앉아 자신의 칼을 빼들었다. 수련을 하려는 것이었다.

요즘 무공에 한참 빠진 외수였다. 보는 것마다 새롭고, 또 보고 난 뒤엔 그 동작들의 장단점이 머릿속에서 항상 새로이 정립이 되고 있었다.

'음, 오늘은 파천대구식에 붙일 살을 연구해 봐야겠군.'

외수는 눈을 감고 파천대구식의 첫 번째 초식인 '일섬탈혼'부터 느릿느릿 허공에 그어가기 시작했다.

이미 꽤 살을 붙인 파천대구식이었다. 그럼에도 경험이 늘어갈수록 계속 부족함이 떠올랐고 틈만 나면 연구하는 중이었다. 외수는 첫 번째 초식부터 마지막 아홉 번째 '뇌우천하(雷雨天下)'까지 시연해 본 뒤 칼을 보며 중얼거렸다.

"역시 아홉 번째가 제일 부족하군. 이름은 제일 거창한데 위력이 너무 떨어져! 이건 초식도 초식이지만 다른 특별한 무언가가 필요해!"

분명 파천대구식의 뇌우천하는 일신의 모든 힘을 모아 한 번에 내쳐 가는 부분이 핵심이었다. 책에서도 분명 그렇게 설명하고 있었지만 그 힘을 어떻게 생성시키고 어느 부분에서 쳐내야 하는지 가장 중요한 걸 빼먹고 있었다.

여덟 번째 초식인 '위진벽력(威振霹靂)'에서도 마찬가지였다. 분명 내공이란 게 동반되어야 하는 초식 같은데도 내공을 수련하는 방법은 단 한 줄도 기재되어 있지 않았었다.

"후후, 시시 말대로 빈껍데기 무공이었던가?"

외수는 가볍게 웃음을 지었다. 그래도 외수는 포기할 맘이 없었다. 자신이 아는 무공이라곤 파천대구식이 전부였기 때문이다.

외수는 처음으로 내공이라는 것에 대해 생각했다. 심후한 내공과 오의를 깨친 초식이 합쳐졌을 때 공력이 된다던 절대 노인의 말이 떠올랐다.

외수는 한동안 골똘히 생각에 잠겼다. 시시 말에 의하면 단전을 움직이는 내공수련법은 분명히 따로 있고, 그 방법 또한 무수히 많지만 각 문파나 개인의 고유한 수련법이라서 누군가의 문하로 들어가 배우지 않으면 어렵다고 했었다.

"음, 그 영감을 다시 만날 수 있으면 좋겠군. 돈만 주면 하나쯤 가르쳐 줄 것도 같은데."

외수는 나중에 절대노인을 마주치게 되면 돈으로 유혹해 볼 작정을 했다. 철랑 조비연에게 받을 돈도 있고 사성 관부로부터 뜻하지 않은 거액도 챙기게 되었으니 이제 자신은 부자인 셈이었다.

외수는 빙긋이 웃곤 다시 칼을 허공에 그어대기 시작했다.

그런데 한참 칼을 놀리던 외수가 갑자기 엉뚱한 곳을 향해 세차게 칼을 그었다.

발밑의 풀밭에서 무언가 싹둑 잘려 떨어졌다.

"오호, 먹을 게 생겼군."

반색하는 외수. 칼에 잘린 것은 뱀의 대가리였다. 풀밭에서 꽤 큰 덩치(?)를 자랑하며 고개를 쳐들던 놈의 대가리를 쳐버린 것이었다.

갑자기 날카로운 파공성이 일자 뒤쪽에서 귀를 쫑긋 세운 채 응시하고 있던 반야가 몹시도 궁금한 표정을 지었다. 하지만 외수가 너무나 진지한 듯해 말을 붙일 수가 없었다.

외수의 수련은 날이 저물도록 계속 되었다.

해가 떨어지자 반야는 곧바로 스산함을 느꼈다. 산속이라 바람이 금방 차가워졌다.

그것도 모르고 수련에 빠져 있던 외수는 어둠이 깔리는 것을 느끼고서야 얼른 뒤를 돌아보았다.

"이런?"

반야가 혼자 불을 지피려 엉금엉금 주위의 마른 나뭇잎과 잔가지를 끌어당기고 있었다. 얇은 옷, 노숙을 대비하지 못한 여인이 산속의 밤을 견디기란 쉬운 일이 아니었다.

"내가 할 테니 앉아 있어."

칼을 거둔 외수가 다가와 앉아 그녀의 발밑 가까이에 빠르게 모닥불을 일구어주었다.

"바보 같군. 앞에 있는 사람 부르지 않고."

외수가 모닥불을 일구며 중얼거리듯 던진 말이었다.

"무언가에 집중해 있는 것 같아서······."

나직한 대꾸에 외수가 물끄러미 그녀를 쳐다보았다. 외수는 일어나 자신의 장포를 벗어 반야의 등에 둘러주었다.

"이걸 두르면 한결 나을 거야. 잘 때도 덮고 자!"

몸에 무언가 닿자 깜짝 놀란 반야. 하지만 그것이 외수의 장포인 것을 확인하곤 어색한 인사를 했다.

"고맙··· 습니다."

불꽃이 일렁대자 어둠은 더욱 빠르게 내려앉고 있었다.

외수가 모닥불에 눈을 두고 다시 입을 열었다.

"답답하겠군. 눈 때문에."

"······."

"태어날 때부터 앞을 볼 수 없었던 거야?"

"아니에요. 어릴 때 나쁜 사람을 만나서 독을 당했어요."

"훗, 나쁜 사람을 자주 만나는 편인가보군."

"구해주서서 고맙습니다."

"인사 받으려고 한 말 아냐."

"그때 이후론 할아버지가 늘 곁에 계셔서 자주 만나진 않아요."

"……"

외수는 그녀가 낭왕이란 절대고수의 손녀라는 사실을 새삼 자각했다.

"무공수련을 하셨던 건가요?"

끄덕.

외수는 무심코 고개를 끄덕였으나 반야가 빤히 자신을 주목하고 있는 걸 느끼고 뒤늦게 대답해 주었다.

"잠시 칼을 놀려봤을 뿐이야."

"저 때문에 중단하셨다면 계속하세요."

"괜찮아. 그런데 얼굴색이 왜 그래? 어디 아파?"

"밤이 되니까 몸이 좀 으슬으슬해요. 혹시 진기운용… 할 줄 아세요?"

"진기운용?"

"네. 제가 많이 약한 편이라서 이럴 때면 할아버지께서 기운을 다스려 주곤 했었거든요."

외수는 말없이 반야를 쳐다보았다. 급격히 나빠진 안색. 확실히 어딘가 좋지 않아 보이는 그녀였다.

"할 줄 몰라! 몸이 아프면 누워. 자릴 펴줄 테니 잠깐 기다려!"

"네."

반야는 장포를 더욱 조이며 몸을 움츠렸다. 반야는 스스로의 상태를 잘 알고 있었다. 어제 종일 시장을 돌아다닌 데다 납치까지 당하는 시련을 겪었으니 몸이 아픈 것도 당연했다.

외수는 백설에게 실려 있는 시시의 짐에서 늘 깔고 자던 자리를 꺼내왔다. 하지만 얇은 천일 뿐 바닥의 냉기를 막는 덴 부족했다. 외수는 바닥에 깔아주려다가 당장 차가운 바닥에 눕는 것이 좋지 않을 것 같아 일단 몸에 둘러주었다.

그리곤 오한을 느끼지 않도록 최대한 모닥불을 크게 지폈다. 그러다가 문득 일어나 아까 잡아놓은 뱀을 가지러 갔다. 몸이 아픈데 허기진 상태로 놔둘 순 없단 생각에 떠오른 것이었다.

외수가 모닥불에 무언가를 굽기 시작하자 반야가 코를 킁킁댔다.

"뭐죠?"

"너 먹을 거!"

"먹을 게 있었나요?"

"응, 생각해 보니 짐 속에 고깃점이 조금 남아 있었던 것 같아서 가져 왔어."

외수는 뱀이라고 하면 기겁할 것 같아 대충 둘러댔다.

"그런데 냄새가?"

반야가 노릿한 냄새에 코끝을 찡그렸다.

"처음만 그래. 조금만 기다려봐. 제법 구수한 냄새가 날 테니."

외수는 뱀을 꼬챙이 끼어 살살 익혀가며 껍질을 벗겨냈다. 그리곤 불씨만 따로 골라내 그 위에서 본격적으로 굽기 시작했다.

지글지글. 기름기를 뚝뚝 흘리며 구워지는 뱀. 그러자 이내 고소한 냄새가 퍼졌다.

"어머, 무슨 고기예요?"

"글쎄? 호랑이의 심줄이라고 했던가? 어쨌든 허약한 사람 보양에 좋다더군. 지금 네가 먹으면 딱 좋을 거야."

외수는 끝까지 잡아뗐다.

배가 고팠던 것일까? 반야는 외수가 굽는 고기에 눈을 고정하고 있었다.

외수는 뱀이 적당히 잘 구워지자 먹기 좋게 잘라 작은 꼬챙이에 꽂아 반야에게 내밀었다.

"자, 먹어봐!"

반야는 조심스럽게 받아들고 손으로 살점을 더듬어본 뒤 입으로 가져갔다.

오물오물.

"어머, 쫄깃쫄깃 말린 생선 같아요."

외수는 비시시 미소를 머금었다. 아픈 데다 오전에 먹고 아

무 것도 안 먹었으니 배가 고플 것은 당연한 것. 반야는 생각
보다 뱀을 잘 먹었다.

"안 드세요?"

"으응? 먹어, 먹고 있어!"

외수는 가느다란 꼬리 부분을 얼른 입에 넣고 우적우적 씹
는 소리를 내며 많이 집어먹는 척했다. 그러면서 반야의 손엔
연신 고깃점을 쥐어주었다.

먹는 동안 다소 생기를 찾은 듯한 그녀였으나 외수는 그녀
의 이마와 콧등에 맺히는 식은땀을 보고 있었다.

"너무 많이 먹었군. 벌써 배가 부르네. 몇 점 더 남았는데
마저 먹을 수 있지?"

외수는 꼬리 한 점을 삼키지도 않고 계속 씹으며 결국 남은
한 점까지 반야가 먹도록 유도했다.

반야는 외수가 먹는 소리가 조금 미심쩍었으나 별다른 의
심을 갖지 않았다.

"덕분에 잘 먹었습니다."

외수가 일어나 반야 옆에 자리를 깔았다.

"이제 쉬는 게 좋겠어. 조금 앉아 있다가 잠을 청하도록
해!"

"감사합니다."

반야는 깔아놓은 자리로 더듬더듬 옮겨가 나무에 기대어
앉았다.

외수가 모닥불을 그녀 쪽으로 최대한 가까이 옮겨주었다.

타닥타닥.

모닥불 타오르는 소리만이 깊어가는 밤의 무거움을 덜어주고 있을 때, 웅크리고 있던 반야가 문득 나직이 입을 열었다.

"혹시 나쁜 짓 하셨어요?"

"뭐?"

무릎 위에 팔을 괴고 엎드려 있어 자는 줄 알았던 외수가 돌아보았다.

"할아버지와 무림삼성 세 분이 누군가를 만나러 정안엘 간다고 했는데 그의 이름이 궁외수라고 했던 것 같거든요."

"그런데?"

"할아버진 무림에 해를 끼친 아주 나쁜 사람을 응징할 때가 아니곤 움직이는 분이 아닌데 공자님은 그런 나쁜 사람 같지 않아서요."

"……."

"혹시 이름만 같은 다른 사람인가요?"

외수가 말없이 쳐다보기만 했다.

"정안이 아닌 화양에서부터 저를 구하러 쫓아오신 것도 그렇고… 할아버지와 무림삼성이 만나러 간 그 사람이 아닌 거죠?"

"맞아!"

"네?"

외수의 대답에 반야의 눈이 동그래졌다.

외수는 무심히 대답을 해주었다.

"길이 엇갈렸을 뿐이야."

"그럼, 극월세가 편가연 가주의 정혼자라던 그……? 할아버지와 무림삼성이 왜 공자님을 찾아다니는 거죠? 나쁜 짓할 사람 같진 않은데, 다른 볼일이 있는 건가요?"

외수가 쓴웃음을 지었다.

"후훗, 글쎄. 나쁜 짓을 많이 했나보지 뭐."

"네에? 어떤 나쁜 짓이요? 무슨 짓을 했는데요? 그래서 우리 할아버지와 무림삼성이 당신을 죽이려는 건가요?"

두르고 있던 장포까지 내리며 흥분을 하는 반야.

외수는 그런 그녀를 무거운 표정으로 보고 있다가 다시 거짓을 꾸몄다.

"후후, 아니야. 장난친 거야. 네 할아버지가 왜 날 죽여? 걱정 마!"

"그럼 무슨 볼일이죠?"

"응? 글쎄? 아마도 내가 아니라 극월세가 때문일 거야."

"극월세가요?"

"그래. 얼마 전 세가의 가주가 살해되었고, 그의 딸까지 노리는 자들이 있거든."

적당히 잘도 둘러대는 외수였다.

"아, 그랬었군요. 할아버지와 무림삼성이 공자님을 도우려는 거였군요. 난 또. 깜짝 놀랐어요."

다시 표정이 살아난 반야를 보며 외수는 씁쓸함을 삼켰다.

반야는 안도했다는 듯 웃음을 띠곤 팔을 포갠 무릎 위에 다시 얼굴을 묻었다.

외수도 모닥불로 눈길을 돌렸다. 마음이 착잡했다. 무림삼성과 낭왕. 명원신니라는 비구니 빼곤 본 적도 없는 인물들. 도대체 자신이 얼마나 잘못된 기운을 타고났기에 무림의 최고수라는 그들이 자신을 죽이려 하는지 이해를 할 수 없었다.

괜히 작은 꼬챙이로 모닥불을 쑤시며 무거워진 마음을 달래는 외수. 깊어가는 정적이 무거운 마음을 더욱 무겁게 내리눌렀다.

답답한 상념으로 시간을 흘리고 있는 그때, 무언가 툭 떨어지는 소리에 외수는 옆으로 고개를 돌렸다. 쪼그리고 앉아 있던 반야가 쓰러져 있었다. 외수는 단순히 그녀가 자려고 누운 것이라 생각해 바로 시선을 거두었다. 한데 잠시 후 가느다란 신음이 들렸을 때 외수는 부리나케 일어나 그녀에게로 갔다.

"이봐, 괜찮아?"

"으음!"

의식 없이 신음만 흘리는 반야.

"이런?"

난감한 외수였다. 자신이 내력이 있어 원기회복을 도울 수 있다면 좋겠지만 그렇질 못하니 손쓸 방법이 없었다.

외수는 어쩔 수 없이 장포에 돌돌 말아 반야를 품에 앉았다. 차가운 바닥보단 자신이 안고 있는 게 나을 것 같아서였다.

외수는 식은땀이 맺혀 있는 반야의 이마에 손을 짚어 보았다. 열이 굉장했다. 거기다 오한으로 인해 가끔씩 몸을 떨기까지 했다.

반야를 안은 외수는 모닥불 가까이 당겨 앉아 최대한 불꽃을 키웠다.

"날이 밝는 대로 의원부터 찾아야겠군."

반야의 의식 없는 미약한 신음은 그 후로도 한동안 계속되었다. 하지만 외수의 정성 덕분이었는지 한 시진쯤 지났을 때 반야는 비로소 앓던 소리를 그치고 아주 깊은 잠에 빠져 들었다.

외수는 땀으로 흠뻑 젖은 그녀의 몸이 식지 않도록 자신의 장포를 더욱 여며주며 밤새 불편한 자세로 앉아 있어야 했다.

                    *   *   *

낭왕을 놓쳐 따라가지 못했던 구대통은 무양, 명원과 함께 객관 앞에 나와 서성대다 멀리 어둠 속을 달려오는 낭왕을 확인하고 소리부터 질렀다.

"어찌 되었느냐? 아이는?"

구대통의 물음에 도리어 낭왕이 더 큰소리로 받아쳤다.

"뭐요? 돌아오지 않았단 말이오?"

"돌아오다니?"

"궁외수, 그놈이 반야를 데려오지 않았소?"

"뭐? 무슨 소리야?"

"반야를 그놈이 구해간 걸 확인했소. 여길 안 왔단 말이오?"

낭왕에게 끌려 다니느라 기진맥진한 시시가 숨을 헐떡대다 대화에 끼어들었다.

"계속 길이 엇갈린 것 같아요. 공자님께선 우리가 오간 길이 아닌 다른 길로 오시는 모양이에요. 제 생각엔 아마 내일 아침쯤이면 손녀분과 나타나실 테니 너무 걱정하지 마세요."

시시의 말에 낭왕이 역정을 냈다.

"왜 내일 아침이란 말이냐? 어디서 뭘 하기에?"

"고정하세요. 일단 공자님이 손녀 분이 안전하게 구했다는 걸 확인했고, 공자님과 같이 있는 이상 잘못될 일은 없어요. 아마 돌아오는 길이 늦어지는 건 어쩔 수 없을 거예요."

"어쩔 수 없다니. 왜?"

"공자님은 낭왕 대협처럼 경공술을 펼쳐 빠르게 오갈 수 있는 사람이 아니에요. 그리고 직접 갔다와보셔서 아시겠지만 납치범의 배를 쫓아 그 험로를 밤새 달렸을 테니 타고 갔던 말도 몹시 지쳤을 거예요. 그러니 되돌아오려면 시간이 걸릴 수밖에요."

"……."

닝왕도 무림삼성도 시시의 말에 찍소리 못했다.

듣고 있던 주미기가 물었다.

"반야를 구했다고?"

"네, 지금 공자님과 돌아오는 중이에요."

"오호, 정말 그 인간이 구해냈단 말이지? 제법인걸."

시시는 다시 닝왕을 돌아보고 애원하듯 말했다.

"그러니 우왕좌왕 왔다 갔다 하지 말고 차분히 내일 아침까지 기다려 보세요. 틀림없이 반야 아가씨를 데리고 나타나실 테니."

닝왕은 끌고 다니며 힘들게 한 죄가 있어 대꾸를 못하고 눈만 뒤룩거렸다.

구대통이 닝왕의 시선을 돌렸다.

"납치범들은?"

"모두 제압당해 관원들에게 넘겨져 있었소."

"멀쩡해?"

묻는 의도가 명확했다.

"우두머리와 수하 한 놈을 고기잡이 작살에 꿰어 전시해 놨더이다."

"작살?"

"그렇소. 제대로 저항 한 번 못해보고 절명한 모습이었소."

"흠, 예상대로군. 녀석의 무위가 빠르게 늘고 있어. 가르치는 사람도 없는데 말이야. 빠른 시일 내에 괴물이 될 거야."

구대통이 위험을 감지한 듯 어울리지 않는 심각한 표정으로 걱정했다.

"그렇다고 해도 얼마나 늘겠소. 내공도 없고 심공조차 모르는 놈이."

낭왕의 말에 명원이 고개를 저었다.

"모르는 소리! 놈에겐 우리의 예상을 뛰어넘는 타고난 힘과 빠른 몸놀림이 있어! 그게 녀석의 모자란 부분을 보완하지. 우치 오라버니 말대로 놈의 살상력은 갈수록 상상할 수 없을 만큼 빠르게 높아질 게야."

명원은 '무위'라 하지 않고 '살상력'이라 표현했다. 그 뜻은 무인이 아닌 살인마로 취급하겠단 의미였다.

"어떡할 테냐? 여기서 녀석을 기다릴 테냐?"

구대통의 물음이었다.

낭왕이 시시를 돌아보고 대꾸했다.

"이 아이 말대로 계속 엇갈리는 것 같으니 일단 기다려 보겠소."

낭왕은 객관 앞 노대로 가서 탁자 위에 염라부와 귀척부를

엎어놓고 의자에 몸을 주저앉혔다. 거기서 밤을 새워 궁외수
와 손녀를 기다릴 작정이었다.

*   *   *

또각또각.

느릿한 말발굽 소리.

반야가 눈을 뜬 건 아침 햇살의 상쾌함이 가득할 때였다.

외수는 날이 밝기 전 노숙했던 곳을 떠났다. 백설이 충분히
회복했단 판단이 서자 바로 반야를 안고 출발을 한 것이었다.

새벽어둠 속을 이동해 온 외수가 처음으로 눈에 익은 길로
들어선 그때, 반야가 깨어나 자신이 외수의 품에 안긴 채 말
위에 있다는 것을 인지했다.

"일어난 거야?"

"여긴……?"

"이동 중이야."

"지금 저를 안고 있는 건가요?"

장포에 돌돌 말린 반야가 손을 빼려 꿈틀댔다.

"그냥 그대로 있어. 땀에 젖은 사람이 갑자기 찬 공기 쐬는
건 좋지 않아."

"하지만……."

반야는 한손으로 자신을 안고 다른 한손으로 고삐를 잡아

야 하는 외수의 자세가 걱정되어 일어나려 한 것이지만 외수
가 알아서 먼저 대답했다.

"괜찮아. 힘들지 않으니까 그대로 있어. 아픈 건 좀 어때?
의식마저 잃고 끙끙대던데."

"밤새 저를… 안고 계셨던 건가요?"

"아파 쓰러진 사람을 바닥에 눕혀 둘 순 없잖아."

바로 눈 위에서 들리는 목소리. 낯선 사내의 품에 안긴 게
처음인 반야는 괜스레 얼굴이 뜨거워졌다.

"조금만 참아. 곧 의원에 데려다 줄 테니."

"아니에요. 많이 좋아졌으니 할아버지께 바로 데려다 주세
요."

"아직 열이 있는 것 같은데?"

"괜찮아요. 이 정돈 할아버지께서 간단히 해결해 주실 거
예요."

"그래, 그럼!"

외수는 두말 않고 화양으로 향했다.

반야는 눈을 꼭 감고 꼼짝도 하지 않았다. 이렇게 밤새 낯
선 사내의 품에 안겨 있었다는 게 한없이 부끄럽고 민망하기
만 했다.

사내의 굵은 심장 소리가 들렸다. 품에 기대어 있다 보니
어쩔 수 없었지만 반야는 마치 듣지 말아야 될 소리를 훔쳐
듣는 것 같아 자신의 심장이 더 쿵쿵거렸다.

어떤 사람일까. 움직이는 배를 기어 올라와 단숨에 납치범들을 제압해 버렸던 용맹하고 무서운 사내. 자신의 불편을 감수하고 밤새 아픈 사람을 보듬고 있었던 사내. 반야는 태어나 처음 가져 보는 이상한 설렘에 문득 시력이 돌아와 앞을 볼 수 있었으면 좋겠단 생각을 했다. 외수가 어떻게 생긴 사람인지 보고 싶었다.

외수는 반야의 숨소리조차 들리지 않자 다시 잠이 든 것이라 생각했다. 그런데 그때 뱃속에서 느닷없이 천둥이 쳤다.

꾸르륵! 꾸륵!

민망한 외수. 어젯밤 자신이 아무 것도 먹지 않은 걸 들킨 것 같아 괜히 쑥스러웠다. 외수는 반야가 듣지 못했길 바랐지만 뱃속은 눈치 없이 계속 먹을 걸 요구해 대고 있었다.

"아직 멀었나요?"

반야의 음성.

"아, 아냐! 조금만 더 가면 돼!"

외수는 내려다보지도 못하고 괜한 하늘만 힐끔댔다. 반야는 그 후로도 눈을 뜨지 않았고 미동도 하지 않았다.

외수는 눈치 없이 계속 아우성을 쳐대는 배를 애써 무시하며 화양으로 향하는 마지막 언덕에 올라섰다. 그리고 처음 납치범의 마차를 마주쳤던 갈림길에 이르렀을 때 멀리서 달려오는 사람들을 발견했다.

"공자님!"

시시가 웬 곰 같은 덩치에 호랑이도 잡아먹을 것 같이 생긴 자에게 잡혀 날아오고 있었다. 그 둘만이 아니었다. 그 뒤로 명원신니와 영령공주, 그리고 다른 두 늙은이도 같이 질주해 오고 있었다.

외수는 그들이 누구인지 바로 눈치채고 천천히 백설을 멈춰 세웠다.

외수의 품에 안겨 있는 사람이 반야임을 확인한 낭왕이 놀란 얼굴로 신형을 멈췄다.

미기와 무림삼성도 장포에 돌돌 싸여 있는 반야의 모습에 의아해했다.

"누구예요?"

사람들 소리를 들은 반야가 고개를 들었다.

"애야!"

낭왕의 음성.

"할아버지!"

"무슨 일이야? 왜 그 꼴을 하고 있는 것이야?"

외수는 일어난 반야를 들어 장포에 돌돌 말린 그대로 조심스럽게 내려주었다.

"어떻게 된 거야? 다쳤느냐?"

반야를 챙기며 안절부절못하는 낭왕.

외수가 짧게 대답해 주었다.

"괜찮소. 밤사이 몸살로 인한 열이 좀 있었을 뿐이오."

"열? 아팠단 말이냐?"

"괜찮아요, 할아버지! 지금은 많이 좋아졌어요."

낭왕은 반야의 이마와 뺨을 직접 만져 보았다.

"아직도 열이 있구나."

낭왕은 선 자리에서 반야에게 진력을 불어넣어 주었다.

그러는 사이 외수는 무림삼성과 눈을 마주했다. 그들을 자신을 빤히 노려보고 있었기 때문이다. 세 사람에 대해 시시로부터 하도 귀 따갑게 들어서 보기만 해도 누가 누구인지 알 듯했다.

"공자님, 다친 곳은 없으세요?"

다가온 시시. 하루 동안 왠지 수척해져 보이는 그녀였다.

외수는 바로 손을 내밀었다.

"올라와!"

떠나잔 뜻이었다.

외수는 시시의 뻗은 손을 잡아 올려 태우고는 백설을 움직였다. 노려보는 무림삼성의 눈초리가 따가웠지만 아랑곳하지 않았다.

구대통이 즉시 노성을 내질렀다.

"서랏! 누구 맘대로 떠나는 것이냐? 네놈 눈엔 우리가 안 보이느냐?"

외수가 백설을 멈추고 흘겼다.

"누구요, 영감들은? 내게 볼일이 있는 사람들이오?"

극월세가 대장간 죽림에서 수작을 당한 걸 모르는 외수로
선 당연히 오늘이 처음인 구대통과 무양이었다.

"이런 버르장머리 없는 놈! 어른이 얘길 하는데 말 위에서
내려다보면서 대꾸를 하다니?"

"흥! 날 잡아 세운 건 당신들이오. 당신들이 말 걸면 그냥
지나가는 사람도 얼른 말에서 내려 올려다보며 얘기해야 하
는 것이오? 시답잖은 힘주지 말고 용건이나 말하시오!"

거침없는 외수. 그의 앞에 앉은 시시는 불안했다. 무림삼
성은 눈을 감고도 외수를 죽일 수 있는 극강의 존재들. 분명
나쁜 계획을 갖고 외수를 쫓아온 것이 분명한데 물러서지 않
는 외수의 태도는 시시의 심장을 쪼그라들게 만들고 있었다.

"네놈은 오늘 여기서……."

점창일기 구대통이 사나운 눈초리로 뭐라 말하려는 그때,
낭왕의 손에서 기력을 회복하고 있던 반야가 끼어들었다.

"궁외수 공자님!"

구대통과 외수 사이로 조심스럽게 걸어온 그녀.

"생명을 구해주신 은혜, 이 생명이 이어지는 그 순간까지
단 하루도 잊지 않겠습니다."

머리를 조아리고 살짝 무릎까지 굽혀 갖추는 예(禮). 진심
이 그대로 전달되는 정중한 감사 인사였다.

반야는 거기서 그치지 않고 두르고 있던 장포를 벗어 행여
묻었을 먼지를 가볍게 손으로 털어낸 다음 고이 한 번 접어

외수를 향해 받쳐 올렸다.

"밤사이 저를 위해 애써주신 것도 마음에 새기겠습니다."

외수는 멀뚱히 반야를 내려다보았다. 분에 넘치는 과도한
인사. 그녀가 왜 이러는지 몰라서였다.

외수가 내려다보고만 있자 시시가 얼른 대신 장포를 받았
다.

"무사하셔서 다행이에요, 아가씨!"

"어머, 다른 분이 같이 타고 계셨군요?"

"네, 저는 시시라고 공자님을 모시는 시녀입니다."

"아, 그랬군요."

한 걸음 물러난 반야. 외수의 음성이 들리지 않자 그를 느
끼기 위해 더욱 깊이 귀를 기울이는 모습이었다. 보이지 않는
그녀의 눈. 이 순간만큼은 볼 수 있었으면 하는 간절함이 맑
은 두 눈 속에 가득했다.

반야는 뒤로 숨긴 두 손을 꼭 쥐었다. 앞을 더듬어 다리라
도 확인하고 싶은 마음을 참고 있었다.

외수가 반야의 눈길이 애타게 자신을 찾고 있음을 깨닫고
이윽고 입을 열었다.

"반야라고 했나?"

"네! 염반야! 제 이름이에요."

"또 보자고."

그 순간 반야의 얼굴에 화색이 돌았다. 함박웃음을 지은

반야.

"네, 안녕히 가세요."

외수는 반야의 인사 속에 백설을 움직여갔다.

또각또각.

말발굽을 따라 돌아가는 반야의 고개.

망한 건 구대통을 비롯한 무림삼성이었다. 졸지에 세 사람은 멀뚱히 서서 외수가 떠나는 걸 지켜볼 수밖에 없었다.

그러나 진짜 당황한 건 낭왕이었다. 반야의 행동에서 품고 있는 감정을 읽었기 때문이었다. 단순한 감사 인사나 호감 따위가 아니었다. 연정의 빛이 확연했다. 그러고 보니 손녀 반야는 시집갈 나이에 이른 다 큰 처녀였고, 그녀가 만난 첫 사내인 셈이었다.

낭왕 염치우는 떠나가는 궁외수를 노려보았다. 하룻밤 사이 무슨 일이 있었기에 반야의 마음을 훔쳤는지 쫓아가 묻고 싶었다.

"젠장, 이렇게 꼬이는군!"

구대통이 툴툴거렸다.

"어쩌죠, 오라버니?"

명원이 걱정을 붙이자 무양이 명쾌하게 대답했다.

"어쩌긴. 따라가야지! 한시도 눈에서 놈을 떼어놓을 수 없어!"

그때 세 사람의 귀로 전음이 날아들었다.

[그럴 필요 없소.]

세 사람의 고개가 낭왕에게로 돌려졌다.

[무슨 소리냐, 그럴 필요가 없다니?]

[남궁세가에서 무림대회가 있지 않소. 거기서 놈을 봅시다.]

[무림대회? 후기지수 대회?]

[그렇소! 거기로 놈을 부릅시다.]

"……?"

낭왕의 말에 무림삼성은 서로 얼굴을 쳐다보았다. 빠르게 돌아가는 머리. 이윽고 세 사람은 미소를 지었다.

"그것 좋은 생각이군. 부를 방법이야 많지!"

구대통이 묘수를 제안한 낭왕을 쳐다보며 세상에서 가장 사악하고 비겁한 미소를 마음껏 흘려댔다.

第四章

용서를 구하는 자세

살다보니 깨달았소. 내 운명이 어떠하든
사람에게 일어나는 대부분의 일은 그 자신이 원한 게 아니란
거요.

—궁외수

"멋진 도시군. 마치 관광지 같아!"

큰 호수, 높은 누각, 유유히 흐르는 강줄기. 회령현이 한눈에 들어오는 고갯마루로 올라선 외수는 아름다운 도시 전경에 감탄을 터트렸다.

수려한 자연과 빼어난 인공구조물이 어우러져 조화를 빚은 모습은 지금까지 외수가 보지 못한 또 다른 도시의 풍경이었다.

"호호, 네. 워낙 풍광이 뛰어난 곳이라 명사와 부자들이 많이 살죠. 물론 그 중에 가장 이름 높은 가문은 대륙천가이고요."

"후훗, 발을 들여놓기가 겁나는 동네로군."

외수는 다시 한 번 회령의 전경을 둘러보곤 고갯길을 내려가 거리로 향했다.

"객관도 많네요. 어디에 묵죠?"

외수가 거리를 둘러보며 고개를 저었다.

"한적한 곳이면 좋겠어. 여긴 너무 화려하고 혼잡해!"

"호호, 그럴 줄 알았어요. 외곽으로 가요."

시시는 중심가에서 빠져나와 위양호라는 호수 주변의 작은 객관을 빌렸다. 객실도 많지 않고 한적한 데다 조그만 뒤뜰도 있어 외수가 수련을 하며 며칠 머물기엔 그만이었다.

시시는 객관에서 준비한 음식을 먹으며 외수의 눈치를 봤다.

그 눈치를 챈 외수가 알아서 먼저 대답했다.

"갔다 와! 편가연의 일정을 알아야 할 것 아냐."

같이 가잔 말을 하고 싶었던 시시는 실망했다.

"네, 그럼 쉬고 계셔요. 금방 다녀올게요."

어쩔 수 없이 힘없는 대답을 하는 시시.

외수가 고개를 저었다.

"시시, 내가 애야? 금방 오지 않아도 돼! 편가연과 같이 지내다가 돌아갈 날짜에 맞춰서 오면 돼!"

시시를 생각해서 한 말. 그런데 시시가 버럭 성질을 내며 흥분했다.

"아니에요! 금방 올 거예요!"

멀뚱해진 외수가 어이없단 듯 웃었다.

"맘대로 해! 누가 뭐래?"

"흥!"

콧방귀까지 뀐 시시가 젓가락을 놓고 일어나더니 객실에서 행낭을 챙겨들고 나와 여전히 퉁퉁 부은 모습으로 인사를 했다.

"다녀올게요."

"그래!"

투덜투덜 밖으로 나가는 시시.

멀거니 보고 있던 외수가 고개를 갸웃하며 실소를 머금었다.

"요즘 이상하군. 안 내던 짜증도 낼 줄 알고. 후훗!"

객관을 나선 시시는 멀찌감치 걸어가다 걸음을 늦추고 멈추어 섰다. 그리고 객관 쪽을 슬며시 돌아보는 그녀. 뾰로통했던 얼굴이 천천히 지워져 갔다.

'그래, 난 시녀야.'

이내 슬픔에 젖은 눈길을 보인 시시는 다짐하듯 속으로 중얼거렸다.

'착각하면 안 돼, 시시! 그의 정혼녀는 가연 아가씨지 네가 아니야.'

＊　　　＊　　　＊

대륙천가.

위사들이 늘어선 정문을 서성이던 희멀건 사내 하나가 멀리 걸어오는 시시를 발견하곤 반색하며 뛰어갔다.

"시시!"

"무결 공자님?"

"뭐야? 걸어오는 모양이 왜 이렇게 시무룩해? 뭔 일 있었어?"

"아니에요."

"그런데 왜 이렇게 늦었어? 많이 기다렸잖아."

"죄송해요. 오는 도중 엉뚱한 일이 생겨서."

"궁외수, 그 친구는?"

"인근 객관에 머물고 있어요."

"그래?"

편무결은 시시 뒤쪽 멀리 시선을 던져 보곤 같이 오지 못한 이유를 이해한다는 듯 고개를 끄덕였다.

"들어가자. 모르긴 해도 가연 역시 널 기다리고 있을 거야."

편무결은 시시를 편가연이 머무는 대륙천가 귀빈관으로 이끌었다.

위사들의 호위 속에 시녀 사월이와 귀빈관 내 연못 정자에 앉아 있는 편가연을 발견한 편무결이 호탕한 웃음을 터트렸다.

"하하하, 연아! 누가 왔는지 보라고!"

"시시?"

"아가씨!"

편가연이 앉아 있던 정자에서 벌떡 일어나며 자신을 알아보자 시시는 왈칵 눈물부터 터졌다.

결국 주저앉아 오열을 하는 시시. 정자에서 내려온 편가연도 그녀를 부축해 일으키며 눈물을 보였다.

"시시, 많이 야위었구나. 바깥으로 돌아다니느라 고생 많았지?"

"아니에요, 아가씨! 이렇게 무사한 모습을 볼 수 있어서 너무나 기뻐요. 흑흑흑!"

"그래. 그만 울고 안으로 들어가자!"

편가연은 시시의 손을 다정히 잡고 자신의 처소로 이끌었다.

방으로 들어온 편가연과 시시는 잔잔한 웃음을 흘리는 편무결이 지켜보는 가운데 창가 의자에 마주 앉아 회포를 나누기 시작했다.

"어떻게 된 거였어? 계속 세가의 행렬을 따라왔던 거야? 어떻게 그때 그 자리에 나타날 수 있었지?"

"극월세가를 나선 공자님을 붙잡아 처음부터 아가씨의 행로로 유도했어요."

시시는 한꺼번에 질문을 쏟아내는 편가연을 위해 눈물을 훔치며 그간의 일들을 늘어놓기 시작했다. 떠나려던 외수에게 한사코 매달려 설득했던 이야기, 객관마을에서 행렬을 기다렸던 이야기 등등, 할 말도 참 많은 시시였다.

"저는 궁외수 공자님이 반드시 아가씨를 지켜줄 것이라 믿었어요. 곤양에서부터 자신이 뱉은 말과 행동이 어긋나는 걸 보질 못했거든요."

"그래, 너의 그 믿음 덕분에 내가 살았어."

그 동안의 일들에 대해 설명을 들은 편가연이 수긍했다.

"지금 궁 공자께선 어디 계시니?"

"번잡한 곳을 싫어하셔서 위양호반의 객관으로 모셨어요."

"같이… 오시겠다고… 하진 않으시지?"

질문을 하는 편가연은 시시를 똑바로 보질 못했다.

그 마음을 아는 시시가 애처로운 얼굴로 말했다.

"아가씨, 공자님께선 뒤에서만 지켜드리겠다고 하셨어요."

"……."

편가연의 얼굴에 절망이 가득 드리웠다.

"실망이 크셨을 테지. 내가 그처럼 매몰찬 상처를 안겨드렸으니."

"아니에요, 아가씨! 그건 혼자만의 오해세요. 공자님은 그
것에 대한 마음의 앙금 같은 건 조금도 갖고 있지 않아요. 지
금도 자신이 그저 극월세가와 아가씨에게 어울리지 않는 인
연이었다고 믿을 뿐이에요. 저는 아가씨의 설득과 노력이 있
다면 얼마든지 그 인연이 다시 이어질 수 있다고 확신해요.
그 증거로 공자님은 전 가주님을 살해하고 세가와 아가씨를
위협하는 그 범인들을 추적해 일망타진할 계획을 갖고 계세
요. 만약 아가씨를 미워한다면 그럴 수가 없는 일이잖아요."

펀가연이 고개를 번쩍 들었다.

"범인들을 추적한다고?"

"네. 이번 살수들과의 싸움으로 범인들에 대해 감을 잡으
셨나 봐요. 아가씨께서 무사히 극월세가로 돌아가신 다음에
추적에 나설 생각이세요. 물론 그것도 아가씨와 세가를 지켜
주겠단 자신의 약속을 빨리 종결시키기 위한 목적이겠지만
어쨌든 미움을 가진 사람이 할 일은 아니잖아요."

"……."

말이 없는 펀가연을 살핀 시시가 조심스레 물었다.

"지금 아가씨께선 어떤 생각을 갖고 계세요?"

"미안하고 부끄러울 뿐이야. 고개를 들 수 없을 만큼. 그때
왜 내가 그런 행동을 했는지."

"저도 알아요. 아가씨처럼 사려 깊으신 분이 잠깐의 홍분

때문에 잘못 판단했단 것을요."

"시시, 그분을 모셔올 수 없겠니?"

시시에게로 바짝 당겨 앉는 편가연. 그녀의 조바심이 묻어났다.

"사과하시겠단 말씀이세요?"

"그래, 사죄를 드리고 싶어. 난 불안해! 너도 공자님도 봐서 알겠지만 언제 어디서 무슨 일이 일어날지 몰라. 지금도 여전히 두려워! 무공 여부를 떠나 이제야 그분이 왜 내게 필요한 사람인지 깨달았어. 무슨 일이 있어도 날 지켜줄 수 있는 사람! 그의 말을 믿을 수 있게 됐어. 그에게 내 잘못을 용서받고 싶어!"

시시는 편가연의 간절함을 충분히 이해하고 있었다. 자매처럼 같이 자란 그녀가 그 마음을 모를까.

하지만 문제는 궁외수였다. 이미 극월세가와 편가연, 그리고 두 사람 간의 정혼 약속 따위엔 관심이 없다고 천명한 상태. 그가 사과를 받아주려 편가연을 다시 만나러 와줄 가능성이 너무도 낮았다.

시시가 대꾸를 못하고 있자 편가연이 자신의 솔직한 마음을 더욱 절실히 덧붙였다.

"시시, 그가 날 위해 온몸을 던져 싸우는 걸 보고난 이후로 그에게 용서를 받지 않곤 견딜 수가 없어. 설령 그가 내 사과를 받아주지 않아도 난 사과해야만 해! 무슨 일이 있어도 그와 다시 마주할 기회를 만들어줘!"

"네, 아가씨! 잘 생각하셨어요. 비록 한 번 뱉은 말이나 행동을 바꾸는 걸 본 적이 없지만 어떡해서든 아가씨의 마음을 전하고 설득할 수 있도록 제가 노력해 볼게요. 언제 돌아갈 예정이세요?"

"내일 오후부터 모레 오전까지 두세 차례의 오대상회 회동을 마치면 그 다음 일정은 유동적이야. 바로 대륙천가를 떠나 본가의 금릉 사업장으로 갈 수도 있고, 아니면 사업장 시찰 일정이야 얼마든지 유보해도 돼!"

"알겠어요, 최대한 빠른 시일 내에 공자님을 설득해 볼게요."

"고마워, 시시! 언제나 널 믿어!"

"그럼 저는 이만 가볼게요."

"벌써?"

"네. 가서 공자님의 마음을 돌려야지요."

시시가 일어나려하자 편가연의 얼굴에 서운함이 가득했다.

"잠깐만 시시! 경비는 어떻게 하고 있니? 나올 때 아무 것도 가지고 나오지 못했을 것 아냐?"

"아니에요. 그동안 푼푼이 모아두었던 걸 가지고 나왔어요."

"……"

안쓰럽게 처다보던 편가연이 품속에서 황금색실이 수놓아진 비단 주머니를 꺼내 시시의 손에 쥐어주었다.

"이걸 써!"

거액이 들어 있을 건 당연한 것.

편가연은 거기서 그치지 않고 자신의 신분을 증명하는 패찰까지 꺼내 쥐어주었다.

"그리고 급할 땐 그걸 이용하고!"

"하지만 아가씨, 이건?"

"괜찮아. 혹시 모르니까 네가 지니고 있도록 해!"

언제 어디서든 돈이 모자랄 땐 전장의 돈을 가져다 쓰라는 의미. 편가연은 그렇게라도 자신의 마음을 표현하고 싶었다.

시시는 자기가 이걸 받은 걸 알면 궁외수가 좋아하지 않을 걸 알면서도 편가연의 마음을 외면할 수가 없어 어쩔 수 없이 받아야만 했다.

"궁 공자께서 불편함이 없도록 네가 신경 써드려!"

"네, 아가씨!"

시시는 편가연이 호위를 붙여준다는 것도 물리치고 대륙천가 귀빈관을 나섰다.

시시가 떠나고 난 후 책상 귀퉁이에 엉덩이를 걸친 채 편가연을 지켜보고 있던 편무결이 나직이 뇌까렸다.

"잘 생각했다. 연아!"

편가연이 돌아보고 초조함을 드러냈다.

"오라버니, 그가 제 사과를 받아줄까요?"

빙긋이 웃는 편무결.

"후후, 말했잖느냐. 그가 용서하고 말고가 중요한 게 아니라 네 마음의 진정성을 전하는 게 먼저라고. 나는 진정으로 후회하고 뉘우치는 마음을 뿌리치는 사람은 본 적이 없다. 그래서 진솔한 사과가 중요한 것이야. 다만 한 가지 마음에 걸리는 것은……."

"뭔가요? 제가 잘못한 게 있나요?"

"음, 사과하려는 입장에서 그를 부를 것이 아니라 네가 가는 게 낫지 않았을까 싶다."

"……?"

편가연이 뒤늦게 깨닫고 울상을 했다.

"어떡하죠? 다시 시시를 부를까요?"

"아니다. 그런 뜻이 아니야. 내 말은 단지 네가 좀 더 빠르게 그의 마음을 얻고 싶으면 그리 하는 게 나앗을 것 같단 얘기다. 애써 그것에 신경을 두지 마라. 그 친구라면 함부로 움직일 수 없는 네 상황을 충분히 이해할 것이다."

"……."

시무룩해진 편가연. 그러나 편무결은 빙긋이 웃으며 한쪽으로 이동해 자신의 검과 행낭을 챙겨들었다.

"오라버니?"

편가연이 동그란 눈을 했다.

"가연아, 나도 그 친구를 보고 갔으면 좋겠다만 지금은 시간이 안 될 것 같구나."

"참, 오라버닌 남궁세가로 가야 하죠?"

"그래, 이제 가봐야 할 것 같다. 결과를 확인하지 못해 아쉽다만 네 마음을 보니 잘될 것 같은 느낌이 든다. 갔다가 대회가 끝나면 바로 다시 오마!"

"대회 일정이 어떻게 되죠?"

"나흘 후부터 사흘에 걸쳐 연다고 하더라."

"알겠어요. 다녀오세요."

편무결은 기운을 잃은 편가연의 어깨를 토닥여 주고 방을 나섰다.

*   *   *

귀빈관을 나선 편무결이 정문을 향해 마당을 가로지르고 있을 때, 대류천가 사람들의 안내를 받으며 마주 오는 두 사람을 보고 안면을 굳혔다.

마주오던 그들도 마찬가지였다.

"무결이 아니냐?"

불편한 얼굴의 편무결이 훤칠한 키의 두 사람 앞에 못마땅한 고개를 숙였다. 그들이 다른 누구도 아닌 바로 자신의 아버지 편장우와 형 무열이었기 때문이다.

"네가 어째서 여기서 나오는 것이냐?"

형 편무열의 물음.

"형과 아버지는 어쩐 일이오?"

"이놈이?"

곱지 못한 어투와 눈초리에 편무열이 눈을 부라렸다.

당당한 체격에 멋스런 복장을 갖춘 편장우가 안면을 굳힌 채 내려 보다 물었다.

"돌아왔으면 집으로 들어올 것이지 어째서 너는 밖으로만 떠도는 것이냐?"

"바깥이 편합니다!"

무결의 대답에 편무열이 기어이 화를 냈다.

"어째서냐? 어째서 겉돌기만 하는 것이야?"

"잘 알지 않소."

"……."

무결의 짧고 날카로운 대답. 형 무열을 노려보는 그의 눈초리에 결코 용서할 수 없단 분노가 이글대고 있었다.

편무결. 그가 집을 나간 건 아버지 편장우와 형 편무열이 가지고 있는 비밀 때문이었다. 무결은 열다섯이 되던 해에 이십 년 전 아버지가 벌인 일에 대해 우연히 알게 되었고, 그때부터 아버지와 형을 용인할 수 없게 되었다.

결국 증오로까지 커진 오래 전 아버지의 과오.

편무열의 음성이 더욱 노기를 띠었다.

"그것 때문에 달랑 쪽지 한 장 남기고 집을 나갔던 것이냐?"

"그렇소. 숨이 막혀 있을 수가 없었소."

"심약한 놈!"

"내가 심약한 게 아니라 두 분이 잔인한 것이오."

"그래서? 부자간, 형제간의 혈연을 끊겠다는 것이냐?"

"내가 지금보다 뻔뻔해져서 두 분을 얼굴을 똑바로 볼 수 있을 때 돌아가겠소."

"과거의 일에 대해선 명백한 실수였고 아버지께서도 잘못된 일이었다 말씀하지 않았느냐?"

"실수? 그런 일을 실수라고 할 수 있는 것이오?"

언성이 커지는 편무결. 심중의 화를 확연히 목소리에 실은 그가 더 이상 대화하기 싫다는 듯 아버지 편장우에게로 눈을 돌렸다.

"여긴 어쩐 일이십니까? 설마 가연일 보러 온 것입니까?"

"그래! 남궁세가로 가던 길에 여기 있단 말을 듣고 안부가 궁금해 왔다."

"안부! 안부라 하셨습니까? 아버지께서 그 아이에게 감히 그런 것을 물을 자격이 있다고 생각하십니까?"

"뭐야?"

"돌아가십시오. 지금도 그 아인 위험에 노출되어 있습니다. 작은 아버지께서 살해된 이 마당에 아무 것도 해준 것이 없는 아버진 그 아이에게 안부 따윌 물을 자격이 없습니다."

"네 이놈! 아버지께 무슨 말버릇이냐?"

편무열이 끝내 못 참고 노성을 내질렀다. 하지만 무결은 눈도 깜짝 않고 형 무열을 노려보았다.

"부디! 지금 가연에게 일어나고 일들이 형과 아버지가 벌인 일이 아니길 바라오!"

"……?"

시퍼런 서슬에 움찔하는 편무열.

"만약! 지금 연이에게 일어나고 있는 모든 불행한 일에 조금이라도 아버지와 형이 관련이 있다면, 난 다시는 형과 아버질 보지 못할 것이오."

증오와 분노로 이글대는 시퍼런 서슬을 흘려놓은 편무결이 바로 등을 돌렸다.

편장우가 심기만 뒤집어놓고 떠나는 아들 무결을 보며 어떤 말도 꺼내지 못하고 두 주먹을 움켜쥔 채 부들부들 떨었다.

"아버지……?"

무열이 그를 진정시키려 했으나 솟구친 편장우의 노기는 쉽사리 가라앉지 않았다.

"가자!"

짧은 노성을 터트린 편장우는 편가연이 있는 귀빈관 쪽이 아닌 들어왔던 정문 쪽을 향해 거친 걸음을 옮겨갔다.

난처해진 건 편무열이었다. 자신들이 찾아왔다는 걸 편가
연도 알게 될 텐데 그냥 이대로 간다는 것이 마음에 걸렸다.
하지만 아버지의 노화도 당장 어떻게 할 수가 없어 돌아가는
수밖에 없었다.

"망할 놈!"

동생 무결을 곱씹은 편무열은 아버지 편장우를 쫓아 뛰어
갔다.

*   *   *

"공자님?"

위양호 근처 이름도 없이 깃대만 세운 객관으로 돌아온 시
시는 뒷마당에서 혼자 수련 중이던 외수를 불렀다.

"어라? 정말 빨리 돌아왔네?"

"잠깐만 이리와 보세요."

시시는 동그란 눈을 하고 쳐다보는 외수에게 마당의 낮은
돌 탁자와 의자가 놓인 곳을 가리켰다.

"왜 이렇게 빨리 왔어? 적어도 오늘 밤은 넘길 줄 알았더
니."

외수가 와서 앉자 시시는 말없이 마주 앉았다. 그리고 잠깐
뜸을 들이다 편가연이 준 두 가지 물건을 앞에 꺼내놓았다.

"흠!"

팔짱을 끼고 가만히 내려다보는 외수. 대강 뭔지 알 듯했으나 모른 척 물었다.

"이게 뭐야?"

"정혼녀이신 가연 아가씨의 전낭과 패찰이에요."

외수의 표정이 일그러졌다. 전낭과 패찰보다 시시가 정혼녀라고 말한 것이 더 인상을 일그러뜨렸다.

시시는 그럴 줄 알고 있었다는 듯 지그시 눈을 내리깔고 올려다보지 않았다.

"그러니까 이게 왜 여기 있냐고?"

"……."

말이 없는 시시. 꿀 먹은 벙어리처럼 다소곳이 앉아 있을 뿐이다.

"돈이 모자라?"

설레설레 고개를 흔드는 시시. 곧 눈물을 터트릴 것 같은 얼굴이 벌겋게 달아오르고 있었다.

"그럼 이건 뭐야? 왜 이걸 받아왔지?"

울먹울먹.

결국 눈물을 글썽대는 시시. 이윽고 고개를 든 시시는 애원하다시피 했다.

"공자님, 아가씨를 용서하시면 안 돼요?"

"……."

"아가씨를 용서해주세요, 공자님! 흑흑!"

"뭘 용서하라는 거야, 시시? 그녀를 지켜주겠다고 했잖아."

"아가씨께선 공자님께 용서를 받고 싶어 하세요."

"난 그녀에게 용서할 것이 없어!"

냉정한 외수였다.

"공자님, 제발! 흐흐흑!"

눈물짓는 시시를 잠시 지켜보던 외수가 차가운 얼굴을 더욱 차갑게 굳혔다.

"시시, 날 난처하게 하는군. 분명히 말했을 텐데. 그녀와 날 엮으려하지 말라고."

"공자님, 제발! 아가씨께서 공자님을 몰라 실수하신 거예요. 공자님이 어떤 분인지 파악할 작은 시간조차 아가씨껜 없었잖아요. 이미 많은 것을 잃고 계신 아가씨께서 한순간의 실수로 공자님마저 잃는다면 그건 너무 불행한 일이에요. 지금 아가씨에게 남은 건 공자님뿐이고 유일한 의지예요. 제발 이렇게 빌게요. 아가씨를, 가연 아가씨를 버리지 말아주세요."

손까지 모으고 애원하는 시시.

그러나 외수의 얼음장 같은 태도는 요지부동이었다.

"시시, 각자의 삶에 미래는 알 수 없는 거야. 지금은 그녀가 누군가의 도움을 받아야 하는 어쩔 수 없는 상황이지만 그녀의 삶과 미래는 언젠가 바뀌게 돼! 그러면 그때 그녀에게 어울리는 또 다른 사람이 나타나게 될 거야. 그건 내가 아니야. 나처럼 우연찮게, 또는 필요에 의해 맺어지는 인연이 아니라 정말 그녀가 마음으로 사랑할 수 있는 인연일 것이야. 그러니까 이런 억지는 부리지 마! 또다시 이런 일을 반복한다면, 난 너도 안 보고 떠날 거야."

외수가 자리를 박차고 일어났다. 계속 시시의 눈물을 보고 있으면 설득당할 것 같아서였기 때문이다.

그런데 그때 뒷문 울타리 쪽에서 낯선 사내의 목소리가 외수의 뒤통수를 때렸다.

"왜 여자를 울리고 그러나?"

기둥에 기대어선, 정말 흠 하나 찾을 수 없이 잘생긴 사내, 편무결이었다.

"무결 공자님?"

놀란 시시가 눈물을 훔치며 일어났다. 하지만 무결은 외수에게 눈을 둔 채 혼자 웃었다.

"하하, 찾기가 어렵지도 않군. 주변에 객관이 많지 않아서 그런가? 하하하!"

"무슨 일이오?"

"저번에 깊이 인사를 나누지도 못하고 헤어진 것 같아서 말이야. 어떤가? 곧 해가 질 것 같은데 오늘 저녁 나와 술 한 잔 나눠보지 않겠나?"

무결이 뒤춤에서 술 병 두 개를 꺼내 흔들어보였다.

"……."

외수가 대답을 머금고 있는 사이 무결이 제멋대로 마당 안으로 터벅터벅 걸어 들어왔다.

"하하, 시시! 객관 주인에게 부탁해서 근사한 안주 좀 얻어다 주겠어?"

"네, 그럴게요."

일말의 망설임도 없이 안으로 뛰어가는 시시.

넉넉한 웃음을 흘리는 편무결이 대뜸 시시가 앉았던 자리에 털썩 주저앉았다.

"이리 오게! 편가연의 사촌 오라비가 아니라 자네에게 강한 인상을 받은 사람으로서 한잔 나누고 싶네."

"당신, 맘에 안 들어!"

외수가 앞에 마주앉으며 던진 말이었다.

"응? 왜 그런가?"

무결이 빙그레 웃었다.

"당신의 그 헤픈 웃음이 허황하고 진실하지 못하게 느껴져!"

"이런, 들켰군. 후훗, 솔직히 말하지. 마음의 병 때문이라네. 여길 오는 길에 마주치고 싶지 않은 사람들을 만났다네. 그들이 지워 버리고 싶은 내 기억을 자극했어. 그래서 한잔하고 싶어졌지. 맘껏 하소연하고픈 친구도 필요했고."

"그래서 나를 앞에 두고 하소연하겠다는 거요?"

"하소연하면 들어줄 텐가?"

물끄러미 편무결을 응시하는 외수.

"꺼내놓지도 못할 사연으로 사람 떠보지 마시오. 나, 그런 인간 싫어하오."

"하하, 역시! 그래 맞아. 누구에게도 말할 수 없는 뼈아픈 사연이지. 그래도 술은 같이 마셔줄 수 있지 않나. 흐흐흐!"

편무결의 씁쓸한 웃음이 흐르는 그때 시시가 술잔과 간단한 안주부터 먼저 챙겨들고 나왔다.

"자, 받게!"

무결이 외수의 잔에 술을 채우자 외수도 마지못해 그의 잔에 술을 채워주었다.

쭈욱!

단숨에 술잔을 비워 버리는 편무결. 외수는 그에게서 느껴지는 진한 아픔을 잔인하게 노려보았다.

연거푸 술잔을 비우는 무결. 그 사이 외수는 한 잔을 천천히 음미했다.

내려다보이는 호수로 눈부신 황혼이 깔리고 있었다. 그 빛에 편무결의 뺨을 타고 오르는 술기운이 더욱 뜨겁게 타올랐다.

그 사이 시시는 고기 안주 몇 접시를 더 내어놓았다.

"이보게, 궁외수! 난 자네가 부럽다네."

문득 던져 온 말에 외수가 삐딱한 눈초리를 겨누었다.

"주정 시작하는 거요?"

"후훗, 아닐세. 정말이라네. 무엇이든 거칠 것 없이 할 수 있는 자네가 부러워!"

외수는 편무결이 하는 말의 의미를 알아들을 수가 없어 노려만 보았다.

"참, 그러고 보니 내 자네에게 고맙단 인사를 안 했군. 고맙네. 그리고 미안하네."

"무슨 소리요?"

"세상에서 가장 사랑하는 내 동생 가연이를 구해줘서 고맙고, 그 아이가 그 지경에 빠지도록 내버려 둘 수밖에 없었던 내가 미안하단 뜻일세."

"마치 그녀에게 닥친 불행이 당신 때문인 것처럼 말하는 것 같구려?"

편무결이 쓰디�쓴 표정으로 또 한 번 술잔을 비운 다음 가만히 외수를 응시했다.

"친구! 가연이에 대해서 얼마나 알고 있나?"

"……."

"그 아인 세상에서 가장 불쌍한 아일세. 세가를 향한 위협은 항상 존재하는 것이었어. 자기의 인생이 없는 아이. 가진 것, 지켜야 하는 것이 너무 많아 자기 인생을 포기해야 하는 아이지. 흐훗, 그것보다 더 슬픈 것이 어디 있겠나. 삶 전체가 송두리째 위협 속에 살아야 하는데."

처연하다 못해 비통함까지 느껴지는 편무열이었다.

"난 그런 위험을 알고도 그녀 곁에 있어주지 못했어. 그녀를 아끼고 사랑한다 말하면서도 말일세."

"지금이라도 있어주면 되잖소."

편무열이 고개를 절레절레 저었다.

"후훗, 그런다고 해도 난 한계가 있지 않은가. 그 녀석에겐 영원히 옆에 같이 붙어서 지켜줄 사람이 필요해. 자네처럼 말이지."

"오해하지 마시오. 그녀와 나의 혼약은 파기되었소."

"냉정하군!"

"틀렸소. 현실을 인지하는 것이오."

"현실? 어떤 현실 말인가?"

"나는 그녀에게 부적합한 놈이오. 가문도 없고 무공도 없소. 태생에 재수까지 옴 붙어 당장 길을 가다 언제 누구에게 쥐도 새도 모르게 죽음을 맞을지도 모르는 놈이 바로 나요. 한데 왜 쓸데없이 나 같이 위험 요소가 많은 놈과 혼인한단 말이오? 그녀에겐 얼마든지 자기를 지켜줄 가문 좋고 훌륭한 무위를 갖춘 인재가 수도 없이 많은데."

"이해가 안 되는군. 자학하는 것도 아니고, 어째서 자신을 그렇게 말하는 것인가?"

"현실이라 말하지 않았소. 난 자학 따위 하는 인간이 아니오."

이번엔 외수가 먼저 술잔을 거칠게 비웠다. 동작만큼 인상 역시 거칠어진 외수.

편무결은 그 까닭을 몰랐으나 시시는 알고 있었다. 지금도 나쁜 기운 탓하면서 무림삼성 같은 엄청난 존재들이 쫓아다니고 있지 않은가. 거기다 낭왕이란 극강의 인물까지.

이제야 외수가 편가연과의 혼약을 극구 외면하는 이유를 알게 된 시시는 또다시 눈물을 터트렸다.

"흑흑, 흑!"

편무결이 당황하며 물었다.

"엉? 왜 우는 것이냐, 시시?"

"공자님이 불쌍해요. 난 그 깊은 뜻도 모르고. 으아앙! 엉엉!"

아예 주저앉아 울음보를 터트린 시시.

영문을 모르는 편무결이 어리둥절해하는 그때 외수가 자리를 박차고 일어났다.

"이제 술도 떨어진 듯하니 그만 가시오. 편가연은 약속한 대로 내가 죽지 않고 살아 있는 한 뒤에서 최선을 다해 지켜주겠소."

외수는 그 말을 끝으로 곧장 객관 안으로 들어갔다.

눈부신 황혼이 깔린 뒤뜰 마당엔 애통한 시시의 울음을 지켜보는 편무결만이 덩그마니 남았다.

깊은 밤. 침대에서 뒤척이던 편가연이 끝내 잠을 이루지 못하고 일어나 앉아 창가에 멍한 눈을 두고 혼자 중얼거렸다.

"바보 같이 내가 또 실수한 거야."

사촌 오라비 무결이 했던 말을 지금까지도 계속 곱씹고 있었던 그녀였다.

"시시를 그렇게 보내는 것이 아니라 내가 달려갔어야 했어. 멍청이! 멍청이! 휴우!"

깊은 한숨으로 자책을 거듭하는 편가연. 그녀의 후회는 밤이 새도록 그칠 줄을 몰랐는데, 이윽고 창밖 멀리 동이 터오는 모습을 우두커니 지켜보고 있다가 천천히 일어나 사월이도 깨우지 않고 혼자 스스로 옷을 챙겨 입기 시작했다.

조용히 방을 나서는 그녀.

"어? 아가씨?"

문밖을 지키고 있던 두 명의 위사가 깜짝 놀라며 다가섰다.

"어딜 가십니까?"

"됐어요. 혼자 생각할 것이 있어 잠깐 정원을 걸을 테니 따라오지 말고 거기 계셔요."

위사를 물리친 편가연은 힘없는 걸음으로 귀빈관을 나섰다.

                    *   *   *

　새벽 공기가 상쾌한 아침.

　이른 새벽부터 뒤뜰에서 수련을 하던 외수는 동이 트며 피어오르기 시작한 호수의 물안개에 이끌려 칼을 꽂아둔 채 호숫가로 내려와 주변을 가볍게 거닐었다.

　어젯밤의 찝찔했던 기분도 털어낼 겸 혼자 하는 산책. 시시는 밤새 혼자 술을 얼마나 퍼마셨는지 완전히 뻗어 자고 있는 것을 확인하고 나온 터였다.

　수면 위 가득한 물안개 속을 작은 물고기라도 잡으려는 듯 하얀 백로가 날았다.

　오랜만에 느껴보는 평온함. 뒷짐을 지고 상념에 젖은 채 호수 옆 능수버들이 늘어진 길을 따라 한가로이 걷던 외수는 아침 햇살이 제법 강렬해지면서 물안개가 서서히 걷혀 올라가자 하염없이 걷던 걸음을 되돌렸다.

　그런데 멀리 객관이 보이기 시작할 즈음, 자신이 걸어왔던 길 앞에 누군가 서 있는 것을 보고 움찔 걸음을 멈추었다.

　걷혀 올라가는 하얀 물안개 속 하얀 옷을 입은 여인. 귀신인지 선녀인지 잠깐 외수는 헷갈렸다.

　이런 아침에 여인이라니. 그것도 혼자서.

　더구나 하는 행동은 더 수상했다. 살포시 치마를 늘어뜨리고 한쪽 무릎을 굽혀 바닥에 앉는 모습. 외수는 어디선가 본 듯한 그 모습에 고개를 갸웃했으나 곧 물안개가 서서히 걷혀 가자 그녀의 정체를 알 수 있었다.

"음!"

놀란 외수. 너무도 뜻밖의 인물, 편가연이었던 탓이다.

외수는 잠시 쳐다보다 천천히 그녀를 향해 걸었다.

눈을 들지 못하는 그녀. 변함없는 자태의 그녀였지만 얼굴 가득 수심이 드리워져 있는 걸 외수는 보았다.

"당신이 여길 어떻게 왔소?"

"공자님!"

"일어나시오. 왜 이러고 있소?"

"못난 저의 실수를 용서해 주세요."

"혼자 온 것이오?"

외수는 편가연의 말보다 주위에 위사들이 있는지부터 확인했다. 하지만 아무리 둘러보아도 그녀를 호위해야 하는 위사들은 보이지 않았다.

외수가 다시 편가연을 보며 물었다.

"어떻게 된 거요? 위사들은 어디 있소?"

"위사들은 없습니다. 혼자 왔어요."

"……?"

어이가 없는 외수.

편가연. 그녀의 행동은 밤새 고민을 거듭한 끝에 결론이었다. 그녀는 이 길만이 자신의 진심을 전하고 용서를 얻을 수 있는 길이란 판단을 했고, 그것이 언제 칼이 날아들지 모를 위험한 모험에 스스로 몸을 내던지게 한 것이었다.

그 위험을 모르지 않는 외수가 어찌 기겁하지 않을까.

편가연을 내려다보는 외수의 심경이 복잡했다. 그녀의 무모한 행동에 화도 났고, 이렇게라도 사과를 하려는 그녀의 진심이 경탄스럽기도 했다.

"사람을 화나게 하는군."

거친 언성에 편가연이 고개를 들었다. 아니나 다를까 외수는 눈초리가 시리도록 차가웠다.

"이게 무슨 행동이지? 널 지키려 죽은 사람들에게 미안하지도 않아? 널 노리는 눈들이 사방에 깔렸을 텐데, 그들의 눈에 띄었으면 어쩔 뻔했어? 너, 바보야? 미쳤어?"

"알고 있었습니다. 분명 눈들이 있었을 겁니다. 하지만 저라곤 짐작하지 못했을 거예요."

극월세가주 편가연이 시녀조차 없이 새벽길을 혼자 나서리라곤 예상치 못하리란 계산. 그게 그녀를 여기 외수 앞에 있게 만든 것이었다.

"그들 중에 네 얼굴을 알아보는 자가 있었다면?"

"하늘에 맡긴 일이었습니다."

"네 목숨이 하늘의 운에 맡길 만큼 하찮아?"

외수의 화가 점점 더 끓었다.

"당신이 저를 구하려 온몸을 던져 싸우는 걸 보고 난 이후

제 잘못을 용서받지 않곤 괴로워 살 수가 없었습니다."

"……."

"언제나 잘나고 완벽하다고 생각했던 제 자신이 부끄럽고 원망스러워 견딜 수가 없었어요. 제 잘못을 깨닫는 그 순간부터 저는 극월세가의 가주도 편장엽의 딸도 아니었습니다. 그저 부끄러워 고개를 들 수 없는 멍청한 여자일 뿐이었지요. 그래서 상관없었습니다. 사죄하지 못하면, 용서받지 못하면, 차라리 죽을지언정 살아선 극월세가주 편가연으로 다시는 돌아갈 수 없을 것 같았으니까요."

"……?"

외수가 충격에 말을 잃었다. 대단한 여자. 그 위험한 모험을 감행한 것도, 그리고 이렇게 바닥에 무릎을 꿇고 있는 것도 오로지 극월세가와 자신을 지켜내겠단 의지였다.

무모하리만큼 스스로에게 가혹한 여자.

외수는 이제야 편가연이란 여자에 대해서 조금은 알 것 같았다. 완벽해야만 하는 여자. 스스로에게 냉혹하지 않으면 버틸 수 없는 여자. 어제 저녁 편무결이 불쌍한 여자라고 했던 말이 가슴에 와 닿았다.

"일어나!"

목소리가 높긴 했으나 거칠진 않았다.

편가연은 고개를 더욱 깊이 조아렸다.

"용서하신단 말을 하기 전엔 일어날 수도, 돌아갈 수도 없습니다."

"편가연! 뭘 용서하라는 거지? 애초에 내가 곤양을 나와 너희 세가로 갔을 땐 문서에 적힌 혼약 따월 강요할 맘은 전혀 없었어. 인연이면 하는 거고, 아니면 마는 거였지. 난 단지 다른 삶을 살아보고 싶었을 뿐이야. 날 내쳤다고 생각하는 거야? 틀렸어! 난 그날 그 어떤 수모도 느끼지 않았어. 날 싫어하니 떠난 것뿐. 그러니 일어나! 사과를 받을 이유가 없어!"

고개를 수그린 채 듣고 있던 편가연의 눈에서 눈물이 주르륵 흘렀다.

"결국 용서 못하신단 말씀이네요."

"뭐?"

"저는 당신에게 수모를 안겼고 모욕했어요. 당신의 약속을 믿지 못했고 무시하기까지 했어요. 그날의 저, 그리고 당신이 구해주었던 날의 제 모습을 생각하면 제가 미워 스스로를 용서할 수가 없어요. 한데 아니라고 하니 더욱 고갤 들 수 없어요. 차라리 죽여주세요. 당신의 용서를 받지 못하는 한 저는 의미가 없는 사람입니다."

편가연의 절절한 눈물. 그러나 외수의 고개는 전혀 엉뚱한 곳으로 움직이고 있었다.

"이봐, 일어나!"

"안 돼요. 그럴 수 없습니다."

"일어나라니까!"

갑자기 손을 뻗어 편가연을 확 잡아 일으키는 외수.

우악스럽게 일으켜 세워진 편가연의 눈이 어지러웠다.

"이런! 이럴 줄 알았어!"

"네?"

"혹시 몸에 무기가 될 만한 것 있어?"

놀란 편가연은 그제야 외수의 시선을 따라 고개를 돌렸다. 이쪽저쪽에서 포위하듯 스멀스멀 나타나는 자들. 한둘이 아니었다. 복면 따윌 하진 않았지만 한눈에 봐도 살수란 것을 알 수 있었다.

"무기 될 만한 것 있냐니까!"

편가연을 뒤로 잡아챈 외수가 좁혀오는 자들을 노려보며 다시 다그쳤다. 주변엔 손에 들 만한 나무토막 하나 없었다.

혼비백산한 편가연이 허리춤에서 작은 칼 하나를 뽑아 내밀었다.

"여기!"

"젠장!"

외수는 과도 크기의 칼을 얼른 받아들었다. 시시가 지니고 있던 은장도보단 컸지만 살수들의 도검에 비하면 무기라고도 할 수 없는 물건. 외수는 자신의 칼을 뒤뜰에 꽂아두고 온 것을 후회했다.

눈에 보이는 자들은 일단 이쪽저쪽 세 명씩 모두 아홉. 그들이 전부인지도 모르는 상황. 사면초가. 어떡해도 빠져나갈 곳은 없었다.

"헤엄칠 줄 알아?"

"네? 아니요. 모릅……."

"이리와!"

외수는 고개를 흔드는 편가연을 끌어 길가의 버드나무 앞으로 밀어붙였다.

"여기 앉아! 거기서 꼼짝하지 마!"

버드나무 뒤쪽은 물. 앞에서 외수가 가로 막아 적들의 공격 범위를 최대한 줄이려는 의도였다.

마음이 급한 외수. 최대한의 효과를 내기 위해 단도를 거꾸로 움켜잡고 다가서는 자들을 노려보며 상대할 방법을 궁리했다.

단도를 왼손으로 옮겨 쥐는 외수. 오른손은 주먹으로 사용하는 편이 낫겠단 판단이었다.

슬금슬금 좁혀오던 사내들이 자기들끼리 비시시 웃었다.

"거봐, 내 말이 맞잖아. 편가연! 틀림없어! 역시 따라오길 잘했지. 깜박 속을 뻔했잖아."

"세상에, 이거 우리가 완전 대박을 잡은 건가. 근데 왜 혼자 움직인 것이지. 이 새벽에 말이야. 여길 와서 저 새파란 놈과 뭘한 거야? 저놈은 또 누구고."

"후훗, 알게 뭐야? 지금 우리 앞에 편가연이 있다는 것만 중요한 것이지. 더구나 위사도 한 명 없이. 흐흐흐훗!"

외수는 안중에도 없는 사내들.

나무에 붙어 주저앉은 편가연의 안색은 이미 사색이 된 상태였다. 자신을 따라온 자들이 있었단 사실에 더욱 충격을 먹은 모습.

"죄, 죄송해요. 공자님!"

외수가 화를 냈다.

"지금 그런 말할 때야? 정신 차려! 무슨 일이 있어도 나무에서 떨어지지 마! 알았어?"

"네, 네!"

편가연의 대답을 확인한 외수는 살수들을 향해 먼저 입을 열었다.

"네놈들이 다냐?"

"뭐? 이 새끼, 넌 뭐야?"

"시끄럽고. 아침부터 재수 없으니까 빨리 덤비기나 해!"

"뭐야?"

사내들이 눈깔을 희번덕거렸다. 수상한 낌새. 안절부절 정신없이 허둥대야 마땅하거늘 오히려 침착하게 싸울 준비를 갖추는 자세가 뭔가 꺼림칙한 직감을 갖게 했다.

그때 한 사내가 과감함을 보였다.

"뭘 망설여? 떡이 앞에 있는데. 고작 단도 하나 달랑 든 놈이 뭘 할 수 있다고. 내가 놈의 목을 따겠어!"

사내는 외수뿐 아니라 편가연이 기댄 나무까지 한꺼번에

베어버리겠다는 듯 거친 기세로 거도를 휘둘러왔다.

그를 향해 오히려 한 걸음 내딛는 외수. 하지만 외수의 몸은 곧바로 눕듯이 뒤로 젖혀져 칼의 동선을 피했다.

후왕!

시퍼런 칼날이 허공을 베며 외수의 코앞을 스치는 그 순간, 동시에 외수의 발이 사내의 몸통 중심부로 꽂혀들었다.

퍽!

"끄으!"

사타구니 가운데 낭심을 잡고 눈을 까뒤집으며 앞으로 넘어오는 사내. 그 처절한(?) 고통에 다른 자들의 얼굴이 일그러질 지경이었다.

외수는 그를 내버려 두지 않았다. 쓰러지는 그의 머리통을 잡아 찍어 누르며 무르팍을 차올렸다.

퍽!

다시 한 번 이어진 무자비한 타격.

앞으로 쓰러지던 사내가 도리어 안면이 완전히 뭉그러진 채 뒤로 벌렁 자빠졌다.

외수가 들으라는 듯 비웃었다.

"누가 떡이라는 거야?"

다른 살수들이 충격에서 헤어나지 못했다. 권법도 아니고 단순히 빠른 몸놀림에 동료 하나가 당해 버렸다는 게 받아들여지지가 않는 탓이다.

"조, 조심해! 보통 놈이 아니야!"

살수들이 갑자기 신중한 동작을 보였다. 요리조리 자세를 바꿔가며 접근하는 자들. 움직일 수 없는 외수로선 곤란해졌다. 때려잡은 놈의 칼이라도 있으면 좋겠지만 그의 칼은 사타구닐 걷어차던 그 순간 엉뚱한 곳으로 날아가 버렸다.

이쪽저쪽에서 치고 들어올 듯 슬쩍슬쩍 간만 보는 자들. 이윽고 우두머리처럼 보이는 사내가 결단을 내렸다.

"한꺼번에 덮쳐! 타핫!"

영리한 인간이었다. 외수에겐 방어할 무기가 없고 편가연 때문에 움직일 수 없다는 점을 노렸다.

그 순간 외수는 쭈그리고 앉은 편가연을 집어 호수 쪽으로 던져 버렸다.

휘익!

"아악!"

외수의 힘에 여자 하나 집어던지는 건 문제도 아닌 일.

풍덩!

물보라를 일으키며 호수에 처박혀 버린 편가연. 외수로선 선택의 여지가 없는 행동이었다. 꼼짝도 못하고 둘 다 죽느니 제대로 싸울 시간이나 벌어보잔 의도였다.

편가연이 물속에서 발광(?)을 했다. 수심을 인지 못하고 정신없이 물에 처박힌 사람은 무릎 높이 물속에서도 빠져 죽는 법. 미친 듯이 허우적대는 그녀를 뒤로 하고 외수는 즉시 움직였다.

일차 목표는 어느 놈이든 한 놈을 먼저 때려눕혀 놈의 칼을 빼앗는 것.

휘익! 슈악!

느닷없이 편가연을 집어던져 당황한 자들이지만 어김없이 칼이 날아들었다.

카각!

낮은 자세로 파고들던 외수가 목을 노리는 적의 칼을 단도로 막았다. 그러나 곧바로 왼쪽 팔등에서 피가 튀었다. 날의 길이가 한 뼘도 안 되는 단도로 적들의 칼을 막기엔 역부족이었던 탓이다.

하지만 그 피해로 외수는 오른손으로 상대의 팔뚝을 움켜잡을 수 있었다.

우둑!

빠르게 뒤로 잡아 비틀어 버리는 외수. 뼈마디 꺾이는 소리가 요란했다.

외수는 붙잡은 자를 방패처럼 끌어안고 빠르게 뒤로 물러나며 그의 목과 가슴팍에 거침없는 난도질을 선사했다.

픽! 픽! 스컥! 스컥!

그 처참한 모습에 흥분한 적들이 미친 듯이 달려들었다.

"이놈!"

빠르게 칼을 빼앗는 데 성공한 외수는 안고 있던 자를 그대로 밀어붙이며 나머지 일곱 개의 칼 속으로 뛰어들었다.

슈악! 캉! 스컥!

맹렬한 도격 속에 외수가 붙잡은 자의 목이 떨어졌다. 외수가 칼받이로 사용했기 때문인데, 그 덕분에 외수는 연달아 두 놈을 쓰러뜨릴 수 있었다.

외수는 목이 떨어진 몸뚱이를 걷어차 다른 살수를 덮치게 만들곤 바로 뒤따라 뛰어올랐다.

외수의 성난 멧돼지 같은 저돌적인 공격에 살수들의 자세가 엉망으로 흐트러졌다. 물러서다 비탈에 걸려 제풀에 뒤로 자빠지는 놈, 목이 잘린 시체를 떠안고 뒹구는 놈, 잘린 목에서 솟구치는 피를 뒤집어쓰고 당황하는 놈. 외수는 그런 그들을 짓밟듯이 유린했다.

살수들이 엄청난 외수의 힘을 몰랐던 탓이다. 붙잡힌 동료가 불현듯 휘두른 칼 앞에 날아들 줄 어찌 알았으랴.

거기다 생각지도 못한 빠른 움직임.

순식간에 네 명의 살수를 베어버린 외수가 다른 자들을 향해 돌아섰을 때 이미 슬금슬금 물러나는 자가 있었다. 무위를 떠나 눈이 튀어나올 만큼 놀라운 전투력에 기가 질린 것이었다.

슬슬 엉덩이를 빼는 자들. 편가연을 물속에 집어던져 놓아 지체할 여유가 없는 외수는 바로 남은 자들을 덮쳐 갔다. 이미 싸움은 종료된 것이나 다름없었다. 놀라 기겁한 자들은 외수의 포악성(?)을 감당할 수가 없었다.

짧은 단도와 빼앗은 칼이 허둥대는 살수들의 다리, 허벅지, 옆구리로 마구 박혀들었다.

정말 충격적이었다. 양떼들 틈에 뛰어든 이리 한 마리가 무시무시한 송곳니로 이쪽저쪽 마음대로 마구 물어뜯는 것 같았다.

다시 세 명의 살수가 외수의 길고 짧은 양손 이빨에 무참히 찢겨졌을 때, 혼자 조금 떨어져 외수의 난도질로부터 벗어나 있던 자가 미친 듯이 뒤돌아 뛰었다.

한꺼번에 너무 많은 기력을 쏟아낸 탓에 숨이 가쁜 외수는 그를 노려보기만 하며 뒤쫓지 않았다.

그가 어느 정도 멀어지자 외수는 첨벙대는 물소리가 요란한 호수로 급히 눈을 돌렸다.

"허업, 업!"

원 없이 물을 들이마시고 있는 편가연. 호수의 물을 다 퍼마실 듯했다.

빼앗았던 칼을 내던진 외수는 바로 물로 뛰어들었다.

텀벙!

거의 익사 직전의 편가연을 건져 올린 외수.

"이봐, 괜찮아?"

괜찮을 리가 없다. 외수는 축 늘어진 그녀의 뺨을 거칠게 때렸다.

"우욱, 쿨럭! 쿨럭!"

먹었던 물을 토해내는 편가연. 외수는 다행히 죽지는 않을 것처럼 보이는 그녀를 안아들고 밖으로 나와 둘러멘 뒤 객관을 향해 빠르게 달렸다. 또 어떤 놈들이 나타날지 알 수 없었기 때문이다.

"고, 공…자님? 제가 산… 건가요?"

등 너머로 늘어져 덜렁거리는 편가연이 중얼거렸다.

"그래! 너 안 죽었어!"

"힘… 들어요. 내려… 주세요."

"행복한 소리하고 있네. 입 닫고 가만있어!"

외수는 한달음에 객관 뒤뜰로 뛰어올랐다.

"시시! 시시!"

외수는 시시를 부르며 편가연을 한쪽에 매어져 있는 백설의 등에 올려 앉혔다.

"꽉 잡아! 떨어지지 않게!"

외수의 고함은 소용이 없었다. 의식도 온전치 않은 데다 기운도 없는 편가연은 그대로 백설 위에 늘어져 버렸다.

외수는 일단 그대로 두고 객방 안으로 뛰어 들어갔다.

"시시!"

거듭 시시를 부르며 행낭과 도대, 장포 등을 챙기는 외수.

"으음……."

시시가 뒤척였다.

"시시, 일어나!"

이것저것 챙겨 둘둘 말아 들고 시시의 침대로 달려온 외수는 코를 찡그렸다. 술 냄새가 진동하는 탓이었다.

"이게 얼마나 퍼마신 거야? 잘 마시지도 못하면서! 시시! 시시!"

외수가 고함을 지르며 흔들었지만 시시는 베개에 얼굴을 더 깊이 묻고 몸부림만 쳐댈 뿐이었다.

"이게?"

확 이불을 걷어낸 외수. 어쩔 수 없이 강제로 시시를 일으켜 등에 업었다.

"으음, 뭐하시는 거예요?"

"시끄러! 정신 차리지 못해!"

"음, 지금 절 업어주시는 거예요?"

"뭐얏?"

깨지 않은 술기운에 흐느적대면서도 외수가 들쳐 업자 목을 끌어안고 얼굴을 비벼대는 시시다.

"히히, 좋다! 좋아요, 업어주세요. 많이! 이히히! 흠냥!"

어이가 없는 외수. 오늘은 여자 때문에 수난을 겪는 날인가 보다 싶었다.

시시를 업고 밖으로 달려 나오자 갑작스런 소란에 놀란 객관 주인 부부가 나와 있었다.

외수가 음식값 등을 치르려 시시의 행낭에서 대충 은자 하나를 꺼내 던져주며 물었다.

"대륙천가가 어디요?"

"중심가로 나가 대로를 따라 북쪽에 있습니다."

대답을 듣자마자 외수는 시시를 업은 상태로 편가연이 엎어져 있는 백설 위로 즉시 올라탔다.

"호숫가에 자객들의 시체가 있소. 관부에 연락해 놈들의 정체를 조사해 달라고 하시오. 갔다가 다시 오겠소!"

자객의 시체라는 말에 기겁한 부부가 떨어지지 않는 입 대신 고개만 열심히 끄덕였다.

외수는 뒤에 매달린 시시와 앞에 잎어진 편가연을 신경 쓰며 바로 객관을 달려 나갔다.

＊　　　＊　　　＊

객관의 주인 부부가 가르쳐 준 대로 달려온 외수는 눈앞에 거대한 성채가 나타나자 바로 대륙천가임을 직감했다. 따로 확인할 필요도 없었다. 눈에 익은 인물이 정문 앞에서 사라진 편가연을 찾으며 우왕좌왕 호들갑을 떨고 있는 것이 보였다.

"담 호위장!"

외수의 부름에 수하들을 다그치고 있던 담곤이 외수를 알아보고 달려왔다.

"궁 공자?"

담곤은 말 위에 엎어진 편가연을 확인하곤 기겁을 했다.

"아가씨? 아가씨?"

"괜찮으니까 처소로 안내하시오."

"알, 알겠습니다. 이쪽으로!"

담곤이 앞서 달려가자 대륙천가 사람들이 외수와 편가연을 보며 무슨 일인가 싶어 의아해했다.

외수는 위사들이 늘어선 정문을 통과해 곧장 귀빈관으로 향했다.

"시시, 내려와!"

외수가 말에서 내려 편가연을 부축하기 위해 시시를 내리려 했다. 그러나 시시는 오히려 더 바짝 등에 달라붙었다.

"흠냥, 싫어요. 더 업어주세요."

주정이 극에 달한 시시. 외수로선 황당할 따름이었다.

"공자, 제가 부축할까요?"

담곤이 시시를 떼어내려 다가왔다.

"됐소. 어차피 내려놔 봐야 제대로 걷지도 못할 텐데 그냥 놔두시오."

결국 외수는 시시를 붙여놓은 채 편가연을 안고 안으로 들어갔다.

"어떻게 된 일입니까? 시시는 왜 이렇고 아가씨는 또 왜?"

시녀 사월이의 도움을 받아 편가연과 시시를 같이 침대에 나란히 눕히자 담곤이 물었다.

싸늘히 돌아보는 외수.

"그녀가 새벽길에 나서는 걸 막지 않고 뭐했소?"

"죄, 죄송합니다. 잠깐 귀빈관 내 정원을 산책하겠다고 하시기에. 설마 대륙천가를 빠져나가실 줄은 몰랐습니다. 어째서 그러신 건지……."

"하나는 술을 마셔 이렇고, 다른 하나는 물을 마셔 이러니 걱정 마시오."

"물이라고요?"

"자객들 때문에 호수에 빠졌었소. 그녀를 뒤쫓아 온 모양인데 이곳 근처에도 깔린 듯하니 주의해 살피시오."

"아, 알겠습니다."

자객이란 말에 당황스러움을 감추지 못하는 담곤이었다.

외수는 곧바로 챙겨온 것들을 풀어 허리에 도대를 차고 자신의 칼을 꽂은 후 장포를 둘렀다.

"어디 가시려고요?"

"죽여 놓은 놈들에게서 혹시 건질 것이 있나 확인하고 오겠소."

"하지만 팔부터?"

담곤의 말에 외수는 그제야 자신의 팔을 내려다보았다.

"이걸로 싸매주시오!"

외수가 시시의 행낭에서 천 조각 하나를 꺼내 내밀자 담곤이 상처가 난 팔에 감아 단단히 묶었다.

외수는 지체 없이 편가연의 방을 빠져나와 백설에 올라탔다.

"갔다 올 테니 드나드는 데 불편하지 않도록 이곳 정문 위 사들에게 미리 말해주시오."

"알겠습니다, 공자! 다녀오십시오!"

외수는 곧장 대륙천가를 빠져나와 올 때와는 달리 천천히 움직였다. 지켜보는 자들이 있으면 그들이 튀어나와 주길 바라는 행동이었다.

외수는 느낄 수 있었다. 어디선가 자신을 쏘아보는 눈들이 있음을. 하지만 그들은 외수가 다시 객관까지 이르도록 끝내 모습을 보이지 않았다.

호숫가에 관원들이 보였다. 객관 주인의 신고를 받자마자 달려온 모양들이었다.

외수는 백설에게서 뛰어내려 그들에게 물었다.

"놈들의 정체를 알 수 있을 것 같소?"

수장으로 보이는 중년의 인물이 대뜸 인상부터 썼다.

"너냐? 이들을 살해한 것이?"

"살해? 이들은 살수들이오."

"살수? 누굴 죽이려 했단 말이냐?"

외수가 거칠게 나오는 그를 노려보다 대꾸했다.

"극월세가 편가연 가주를 따라와 기습했었소."

"그, 극월세가?"

"그렇소. 지금 대륙천가에 데려다 놓고 오는 길이니 필요하면 확인하시오."

외수의 대답에 수장을 비롯한 관원의 얼굴이 새파랗게 질렸다.

"알, 알겠습니다. 더 조사해 봐야 하겠지만 지금까지 살펴본 바론 신분을 증명할 만한 물건은 나오지 않았습니다."

바로 태도가 바뀐 수장.

외수는 그를 무시하고 자신에 베어버린 자들에게로 갔다.

모두 한데 모아 일렬로 나란히 뉘어진 시체들.

외수는 일일이 직접 확인해 나갔다. 혹시 몸에 새긴 문신이나 점, 흉터나 복식 같은 것에서 특징적인 것을 발견할 수 있지 않을까 싶어서였다. 그러나 딱히 눈에 띄는 것은 발견되지 않았다.

철두철미한 자들. 외수는 실망한 표정으로 일어섰다. 마지막에 도주한 자를 잡지 못한 것이 아쉬웠다.

"극월세가주가 대륙천가를 나서자마자 따라왔던 자들이오. 분명 지금도 대륙천가 주변에 같은 놈들이 진을 치고 있을 테니 소리 없이 수색해 주시오."

외수의 말에 수장이 복명하듯 대답했다.

"알겠습니다, 공자!"

관부에서도 대륙천가에서 대부호들의 회의가 열린다는 것을 알고 있었고, 그들의 신변에 각별히 주의를 기울이고 있는 때였다. 특히 극월세가의 젊은 여가주가 위협을 받고 있다는 사실도 보고가 되어서 관의 최고 수장까지 바짝 긴장을 하고 있는 상태였다.

외수는 관원들을 뒤로하고 다시 대륙천가로 향했다.

第五章

따라와!

그놈이 너보다 오래 살겠는걸.

—길에서 만난 점쟁이에게
궁외수의 명운을 점쳐 본 구대통이 들은 말

안휘성 황산의 남궁세가.

오랜 무림 역사에 문무를 겸비한 출중한 인재를 끊임없이 배출해 내는 것으로 유명한 남궁세가는 당대에 와서도 그 위상을 변함없이 이어가고 있었는데, 그 위상에 걸맞게 금번 무림 후기지수대회를 맡아 그 준비에 여념이 없었다.

매일매일 세가로 찾아오는 참가자는 물론이고, 대회를 관전하기 위해 전국 각지에서 몰려든 무인들까지 더해 세가 안팎이 사람으로 넘쳐났다.

그런 남궁세가에 예정에 없던 뜻밖의 거물이 등장해 더욱 사람들을 흥분시켰는데, 세가의 가주이자 의천육왕 중 한 사람인 '검왕(劍王) 남궁산(南宮山)'은 그들을 특별히 별당으로 모셔놓고 의아해했다.

"어떻게 된 일입니까? 세 분께서 오신다는 기별을 받지 못했는데? 더구나 낭왕 염 선배까지?"

"왜, 그래서 떫어?"

구대통의 장난스런 대꾸에 남궁산이 유쾌하게 웃었다.

"하하, 그럴 리가 있습니까. 삼성께서 이렇게 와주신다면야 저희야 광영입니다. 단지 조금 당황스러워서 여쭤본 것뿐입니다. 대회가 끝날 때까지 계실 겁니까?"

"글쎄? 몰라!"

"예?"

"다들 왔어?"

"속속 모여들고 있는 중입니다."

"이번엔 어때?"

"하하, 아무래도 저번 대회보단 치열하지 않겠습니까? 이번이 마지막 참가가 될 나이 꽉 찬 아이가 몇 있으니까요. 아마 죽기 살기로 하려 들 겁니다."

"혹시 십대 부호나 오대상회 쪽의 참가자도 있어?"

"예, 위지세가의 두 아들이 참가한다는 통보를 받았습니다."

"흠, 그래?"

오십 초반, 청죽(靑竹) 같은 인상의 남궁산. 깨끗한 인상만큼이나 목소리 역시 맑고 시원시원했다. 남궁세가의 가주로, 의천육왕의 한 사람으로 세상이 알아주는 높은 위상을 가진 그였지만 권위 의식 같은 건 전혀 없는 사람이었다. 삼십 년이나 차이 나는 무림삼성조차 함부로 할 수 없는 존재임에도 그는 세 사람 앞에 항상 겸손했고, 괴짜 구대통의 막 나오는 언사에도 그저 존경과 존중의 자세로만 일관하고 있었다.

그런데 그런 그가 갑자기 삼성을 향해 눈초리를 슬며시 비틀었다.

"뭡니까? 세 분 어르신 눈치가 영 수상합니다. 혹시 대화 참관 말고 다른 목적이 있으신 겁니까?"

구대통이 비시시 웃었다.

"녀석! 눈치는 여전하군. 맞아! 네가 해줄 일이 있어!"

"제가 해줄 일이요?"

"그래! 한 녀석을 대회로 끌어들여 줘야겠다."

"......?"

알 수 없는 말에 남궁산이 고개를 갸웃댔다. 뜬금없이 무슨 말인지.

"참가자로 말입니까, 참관자로 말입니까?"

"참가자!"

"이해가 안 되는군요. 대회는 누구나 참여할 수 있지 않습니까. 그런데 굳이 끌어들이라는 건?"

"놈이 대회 참가할 의사가 없으니까 그렇지!"

"그게 누굽니까?"

"궁외수라는 얼뜨기 촌놈!"

"예?"

남궁산의 표정은 말할 필요도 없었다.

"얼뜨기 촌놈이요? 돌아다니시다가 인재라도 발견하신 겁니까?"

"그런 게 아니다. 이유는 묻지 말고 그놈을 꼭 참가시켜!"

"어떻게 말입니까. 지금 어디 있는데요? 자세히 말씀 좀 해 보십시오."

"현재 대륙천가에 있다. 그곳에서 오대상회 회의가 있다는 건 알고 있지?"

"그렇긴 합니다만?"

"그들을 초빙해! 그러면 놈도 같이 올 테니까."

"예? 도대체 누굽니까? 누구기에 삼성께서 직접 이렇게……?"

"음, 극월세가 편가연의 정혼자다."

구대통이 어쩔 수 없다는 듯 무거운 입을 열었다.

"나이는 스무 살이고, 특별한 무공을 익힌 건 없다. 그런데 싸움을 잘해!"

"싸, 싸움… 이라고요?"

남궁산의 눈이 점점 커졌다. 무슨 일인가 싶기도 하고 어이가 없기도 하고.

"그래. 본능적으로 강한 놈이야."

"타고난 무골이란 뜻입니까?"

"그렇긴 한데 일반적인 무골과는 달라. 그들은 가르쳐야 늘지만 놈은 가르치지도 않았는데도 실력이 늘어!"

"그, 그런?"

"알았으면 이제 빨리 놈을 불러올 궁리나 해! 무슨 수를 써서라도 반드시 놈을 오게 만들고 대회도 참가하게 만들어!"

남궁산이 놀란 입을 벌린 채 멍하니 보고 있다가 고개를 끄덕였다.

"알겠습니다. 그런 아이라면 저도 보고 싶군요."

*　　　*　　　*

외수가 돌아왔을 때 편가연의 처소엔 여러 사람이 들이닥쳐 있었다.

아까 물에 빠진 생쥐 꼴의 편가연은 없었다. 언제 물을 먹었냐는 듯 말끔하게 옷을 갈아입고 사람들 사이에 단정히 앉아 있는 그녀.

외수는 시시를 돌아보았다. 그녀는 한쪽 구석에 조용히 앉아 있었는데, 눈길을 확인하고도 슬금슬금 피하며 고개를 들지 못했다.

하긴 자기가 한 행동이 있는데 어찌 바로 쳐다볼 수 있을까. 아직도 취기가 완전히 가시지 않은 듯 발그레한 얼굴이 가관이었다.

그런 그녀를 향해 더욱 눈초리를 퍼부어주는 외수. 그 바람에 시시의 고개는 더 떨어졌고, 목덜미까지 빨갛게 물들어 버렸다.

"공자님, 다녀오셨습니까?"

담곤의 인사. 그러자 편가연에게 둘러섰던 자들이 일제히 돌아보았다.

"오, 자네가 편 가주의 정혼자인가 보군."

반짝이는 눈들. 화려하고 멋진 의복에 나이까지 먹을 만큼 먹은 인간들. 딱 봐도 대충 신분을 알 것 같은 그들의 시선이 외수는 부담스러웠다.

편가연이 다소곳이 일어나 그들 사이를 걸어 나왔다.

"공자님!"

"멀쩡하군. 골골대고 있을 줄 알았더니."

"소개해 드릴게요. 오대상가의 총수들이세요."

"인사 올리겠소. 궁외수라 합니다."

외수가 가볍게 고개를 꾸벅였다.

"하하, 반갑네. 난 여기 대륙천가의 뒷방늙은이 천세득일세."

일흔 정도의 꼿꼿한 인상의 인물.

"반갑습니다."

외수는 응대만 했다.

편가연은 한 사람 한 사람 모두를 소개했다. 태호단가, 일풍위가, 보성염가, 위지세가의 총수와 몇몇 자식들.

외수는 한 사람 한 사람 눈여겨 보았다. 극월세가를 위협하는 범인이 그들 중에 있을 수도 있었기 때문이었다.

외수의 눈에 특히 눈이 가는 몇 사람이 있었는데, 그중 한 사람은 보성염가의 염설희라는 할망구였고, 또 다른 사람은 위지세가의 삼부자인 위지람(尉遲籃), 위지흔(尉遲欣), 위지강(尉遲剛)이란 자들이었다.

보성염가의 총수라는 할망구는 생긴 것조차 지독히 표독스러웠는데 쳐다보는 눈깔마저도 너무나 칼날 같아 마치 속을 샅샅이 베이고 있는 것처럼 기분이 영 더러웠고, 위지람과 그의 두 아들 역시 이상하게 뚫어지는 눈초리를 보였는데, 다른 인물들과는 달리 유독 젊은 그들에게는 어딘지 장사꾼보단 무인 같단 느낌이 풍겼다.

"하하, 난 천지만일세. 자네가 편가연 가주를 혼자서 두 번이나 구했다고 들었네. 대단하구먼. 아직 젊은데 어떻게 그런 위맹한 무위를 지닐 수가 있지? 우린 지금 편 가주와 담 호위장의 말을 들으며 놀란 입을 다물지 못하고 있던 중일세."

스스로를 소개한 인물. 조금 마른 체형의 부친 천세득과는 달리 배불뚝이에 후덕한 인상의 중년인. 화려한 비단옷을 두른 모양새나 뚱뚱한 체형이 딱 봐도 장사꾼인데 웃는 모양이 누구나 호감을 느낄 만큼 좋은 자였다.

"죄송하지만 궁 공자님이 부상이 있는 데다 피곤할 테니 담화는 다음에 나누시고 우선 자리를 좀 피해주셨으면 합니다."

편가연의 정중한 요청.

그러자 이 집안의 주인 천세득이 호탕한 웃음을 터트렸다.

"하하하, 그러지! 편 가주도 쉬어야 하는 것을 우리가 눈치가 없었군. 어떤가. 오후에 있을 회의는 연기해도 되네만?"

"아닙니다, 가주님! 일정은 그대로 진행하셔도 됩니다."

"그럴 텐가? 어쨌든 무리하지 말고, 변동사항이 있으면 바로 알려주게. 우리야 편 가주의 건강이 우선이지. 껄껄껄!"

"고맙습니다."

"그럼 이따 보지. 쉬게! 자, 우린 자릴 옮기세. 이번엔 염설희 가주의 처소에서 차를 한잔 얻어먹는 게 어떻겠나?"

"좋소이다. 그리로 가십시다, 천 가주!"

모두가 우르르 몰려나가자 이내 방 안은 조용해졌다.

"공자님!"

사람들이 몰려나간 문을 보고 있던 외수가 돌아보았다.

"구해주셔서 감사합니다."

"됐어! 오히려 호수로 집어던져서 미안하군."

"……"

눈을 떨군 채 말이 없는 편가연. 여전히 외수에 대한 미안함에서 벗어나지 못하는 모양이었다.

"시시! 술 깼어?"

외수의 갑작스런 고함에 조용히 찌그러져 있던 시시가 벌떡 일어났다.

외수는 실내 한가운데에 있는 길고 푹신한 의자로 옮겨가며 이어 말했다.

"깼으면 금창산(金瘡散:칼, 창, 화살 따위로 생긴 상처에 바르는 약)과 붕대 좀 찾아 가져와 봐!"

후다닥 바람처럼 움직이는 시시. 미리 준비해 두었던 듯 시시와 사월이가 약상자 하나와 상처를 닦아낼 물 대야를 들고 왔다.

긴 의자 팔걸이에 팔을 걸치고 편안히 몸을 기댄 외수.

"제가 할게요."

편가연이 사월이에게서 물이 담긴 대야를 받아들고 조심스런 몸짓으로 다가섰다.

"이봐. 이런 거 할 줄 알아?"

물끄러미 쳐다보던 외수가 물었다. 당연히 그녀가 해봤을리가 없다. 그걸 아는 외수이기에 시시에게 맡겨두란 뜻이었다.

여전히 외수의 눈을 똑바로 쳐다보지 못하는 편가연. 그녀의 얼굴에 할 수 있다, 해보겠단 의사가 뚜렷했다.

외수는 아무 말도 않고 내버려 두었다.

두 무릎을 꿇고 앉아 담곤이 싸맸던 천을 조심스럽게 풀어내는 편가연.

말라붙어 비릿한 혈향이 코끝을 찔렀다. 이윽고 칼에 베인 상처가 드러나자 편가연의 얼굴이 살짝 일그러지는가 싶더니 이내 다시 제 표정을 찾고 물에 적신 수건으로 말라붙은 피를 닦기 시작했다.

묵묵히 팔을 맡긴 외수. 그녀의 손길에 정성이 느껴졌다.

그녀는 시시가 건네는 순서대로 소독하고 약을 바른 다음 붕대로 적당히 압박을 주어 상처를 싸맸다.

깔끔하게 마무리된 팔. 편가연은 치료가 끝났음에도 눈을 내려뜬 채 일어나지 않았다.

여전히 용서를 바라는 얼굴.

쳐다보고 있던 외수가 짜증스럽다는 듯 고개를 돌리며 외면했다.

"젠장! 한숨 잘 테니까 깨우지 마!"

그제야 고개를 번쩍 드는 편가연. 머리가 좋은 그녀는 외수가 하는 행동과 말뜻을 알아들은 것이다. 한숨 잔다는 건 여기 계속 있겠단 뜻이었고, 푸념을 터트린 것도 어쩔 수 없이 용서한단 의미라는 것을.

환희에 찬 편가연. 시시도 그 뜻을 알고 기뻐 눈물을 흘릴 것처럼 외수를 내려다보았다.

정말 피곤한 듯 눈을 감고 의자에 기대 누운 외수.

편가연이 얼른 일어나 물러났다. 사월이와 시시에게도 조용히 물러나라 손짓을 했다.

외수는 정말 곧 잠이 들어버렸다. 따로 내공을 갖지 않은 몸뚱이라 기력을 쓰고 나면 확실히 피곤한 탓이었다.

멀리 침대까지 물러나 조용히 마주보고 앉은 편가연. 그녀는 사월이와 시시에게 외수가 깨어났을 때 먹을 음식을 준비하라 시켜놓고 만면에 미소를 지은 채 외수만 지켜보았다.

*   *   *

외수는 정확히 정오가 가까웠을 때 눈을 떴다.

기지개를 켜던 외수가 코를 자극하는 음식 냄새에 두리번거리는 사이 지켜보고 있던 편가연이 다가왔다.

"식사를 준비했습니다."

외수는 힐끔 쳐다보고 창가의 탁자로 고개를 돌렸다. 한 상 푸짐하게 차려진 탁자에 시시가 팔을 포개 엎드려 자고 있었다.

일어나 탁자로 간 외수가 시시를 내려다보며 물었다.

"이 주정뱅이 왜 이래?"

빙긋이 웃는 편가연.

"아마 공자님만큼이나 피곤했나 봅니다."

그녀의 대답에 외수가 콧방귀를 끼며 탁자를 쳤다.

"야! 일어나!"

깜짝 놀란 시시가 벌떡 일어났다.

입가에 흐른 침을 훔치는 시시.

"업고 온 건 난데 왜 네가 피곤해?"

"죄, 죄송합니다. 공자님!"

"자려면 침대에서 자든지. 됐어! 밥이나 먹어!"

"네, 이쪽으로 앉으세요."

시시가 허둥지둥 의자를 뺐다.

외수와 편가연이 양쪽으로 앉았다.

"이봐!"

음식을 먹기 전 외수가 편가연을 불렀다.

"한 가지 확실히 하는 게 좋을 것 같군."

"말씀하셔요."

"어차피 당신을 보호하고 위협을 제거해 주겠다는 게 내 약속이었으니까 여기 있는 거야. 애써 다른 생각 가질 필요 없어!"

"다른 생각이라면……?"

차분하게 대답을 기다리는 편가연.

"정혼 같은 것 말이야. 난 혼인, 인연, 그런 건 인위적으론 엮을 수 없는 것이라고 생각하는 사람이야. 내가 여기 있는 동안 혼약한 사람이라 생각지 말고 그냥 많은 호위 중 한 사람일 뿐이라고 편하게 생각해!"

"······."

편가연이 잠시 말없이 생각을 머금었다가 대답했다.

"노력하겠습니다."

짧고 간결하며 진중한 대답.

그러나 외수는 헷갈렸다. 노력하겠단 말이 자신의 말대로 따르겠단 뜻인지 아니면 마음에 들 수 있도록 힘쓰겠단 뜻인지 알 수가 없었다.

이번엔 외수가 잠시 쳐다보기만 했다.

"호위장 불러봐!"

말이 떨어지자 편가연이 즉시 사월이에게 눈짓을 해 문밖에 대기하고 있는 담곤을 데리고 들어오게 했다.

"부르셨습니까?"

당당한 체격만큼이나 씩씩한 담곤.

"식사했소? 아직 안 했으면 같이 합시다."

"아닙니다. 저희들은 잠시 후 따로 하겠습니다."

"시킬 일이 있어 불렀소."

"하명하십시오!"

"아침에 덮쳤던 살수들의 정체를 알아보고 대류천가 주변을 조사해 달라고 관부에 부탁했소. 오늘이든 내일이든 이곳 관부를 찾아가 조사된 것이 있는지 확인해 주시오."

"알겠습니다. 제가 직접 확인해 보고 오겠습니다."

"그럼 부탁하오."

"옙!"

힘차게 대답한 담곤이 다시 나갔다.

외수가 비로소 음식을 집어 들며 편가연에게 물었다.

"일정이 어떻게 돼?"

"오늘 오후에 첫 회의가 있고, 저녁에 만찬을 겸한 모임이 있습니다. 그리고 내일 오전 중 마무리 회의를 마치면 여기에서의 일정은 끝납니다."

"돌아가는 길에 다른 일정도 있다고 하지 않았어?"

"네. 금릉 쪽 시찰을 위해 들러야 하나 격려차 방문하는 것이라 날짜가 정해진 건 아닙니다. 공자님께서 판단하시는 날짜와 시간에 맞춰 움직이도록 하겠습니다."

외수가 눈을 흘겼다.

"왜 내게 맞춰?"

"네?"

"전에도 말했었잖아. 극월세가의 주인은 너고, 업무를 보고 세가를 움직이는 것도 넌데 왜 내게 맞춰? 바보야? 헛소리 말고 네 계획대로, 너 하고 싶은 대로 움직여! 설마 여전히 내가 불안한 것이라면 딴 사람을 알아보든지!"

외수의 말에 편가연이 처음으로 흐트러지는 모습을 보이며 손까지 내저었다.

"아니, 아닙니다. 그렇게 하겠습니다."

"그럼 됐어. 밥이나 먹자고. 시시, 너 멀뚱히 서서 뭐해? 속

안 쓰려?"

갑작스런 호통에 놀란 시시가 후다닥 자리에 앉아 젓가락을 들었다.

"도대체 어젯밤 얼마나 퍼마신 거야?"

"조, 조금……."

"조금?"

휘어지는 외수의 눈초리.

"죄, 죄송합니다. 다시는 그런 일 없도록 하겠어요."

얼굴이 벌게진 시시가 편가연과 외수의 눈치를 동시에 보느라 정신이 없었다.

식사를 마치고 난 후 창밖을 내다보고 있는 외수에게 편가연이 직접 차를 들고 왔다.

"차 드세요."

확연히 얼굴에 화색이 도는 그녀.

외수가 찻잔을 받아들며 물었다.

"아까 위지세가 말이야?"

"네, 공자님!"

"그들도 사업을 하는 장사꾼들이야?"

"네, 그렇긴 한데 원래는 무가로서의 위상이 더 큰 가문이었어요."

"무가가 장사를 해?"

"수양을 우선시하는 소림, 무당, 화산파 등 종교가 기반인 대문파는 당연히 안 하지만 혈족으로 구성된 무림세가들은 다들 조금씩 수익 사업을 하죠. 단지 무가로서의 정체성에 비해 미미할 정도라서 표가 나지 않을 뿐. 위지세가는 조금 더 특이한 경우죠. 시작부터 양쪽 모두에 힘을 기울여 명성을 쌓아왔으니까요. 근래엔 사업에서 큰 성공을 거두며 대부호로서의 위상이 더 견고해지는 느낌이에요. 그런데 공자님, 그들은 왜?"

"음, 그냥 다른 자들과 달리 조금 인상적이어서 물어봤어."

"그러셨군요."

다시 창밖에 눈을 둔 외수를 보며 편가연이 든든한 미소를 띠었다.

"전 곧 회의가 시작될 예정이라. 지금 가봐야 합니다. 쉬고 계세요."

끄덕.

얼굴 표정뿐 아니라 걸음까지 생기가 살아난 편가연이 사월이만 대동한 채 회의가 열릴 장소로 이동해 갔다.

*   *   *

"공자님, 고마워요."

외수가 창가에 서서 혼자 멍하니 상념에 빠져 있을 때 뒤에서 시시의 목소리가 들렸다.

팔짱을 낀 자세 그대로 고개만 돌려 쳐다보는 외수. 손을 모으고 고개를 떨군 가지런한 자세로 선 시시가 어딘지 쓸쓸해 보인다는 느낌이었다.

"뭐가?"

"아가씨를 용서하고 돌아와 주신 것이요."

"……"

"감사해요. 아가씨 모습 보셨죠? 진정 기뻐하고 계세요."

"넌 안 좋아? 네가 바라던 대로 됐는데 왜 죽어가는 표정이야?"

고개를 번쩍 드는 시시.

"아니에요. 저도 좋아요. 저는 단지 공자님께서 기뻐하지 않는 것 같아서……."

"그럼 됐어. 나도 네가 나 때문에 바깥을 떠돌며 고생하는 게 내키지 않았으니까."

시시는 다시 고개를 떨어뜨렸다.

이어지는 침묵. 더 나눌 말이 없어진 시시는 머뭇대다 가만히 돌아섰다.

"시시?"

"네?"

걸음을 옮겨가다 다시 돌아보는 시시.

"그동안 고생했어."

외수의 깊은 눈.

시시는 울컥했다. 그래서 바로 돌아서며 짧고 낮은 대답만
남겼다.

"네."

*   *   *

오대상회 총수 회의.

겉으로 보이는 모임의 취지는 오대상회 간의 친목 도모와
유대 강화였으나 회의에서 논의되는 내용을 살펴보면 현 시
장의 상태, 사업 계획, 상호 간의 연계, 향후 발전 방향, 공동
투자, 정보 교환, 인적자원 교류, 자선행사 등등 사업 전반에
걸친 실질적인 사항들이었다.

회의에서 논의되고 결정된 주요사안들은 철저히 그들만의
비밀로 유지하며 회의 자체에 다른 가문은 절대 참여시키지
않았는데, 초대된 위지세가도 회의 자리엔 끼지 못했다.

회의는 이틀에 걸쳐 진행됐고, 중간에 치러진 만찬에만 위
지세가의 가주와 어린 두 아들이 참여해 교분을 쌓는 정도였
다.

이윽고 이틀간의 일정이 끝나고 회의를 마무리하는 자리.
회의를 처음부터 이끌었던 대륙천가의 천세득이 마지막 인사
말을 했다.

"모두들 수고 많았소. 회의에서 논의된 내용들이 틀림없이 우리 오대상회의 발전에 보탬이 되리라 믿소. 한데 마지막으로 가주들께 알려야 할 것이 있소. 갑작스레 초청장이 날아들었구려."

"초청장이라뇨?"

염설희를 비롯한 오대상회 총수들의 눈들이 모였다.

천세득이 문서 한 장을 들어 보이며 말했다.

"인근 황산의 남궁세가에서 남궁산 가주 명의로 온 초청장이오. 올해 그곳에서 무림 후기지수 대회가 있는 건 다들 아실 거요. 그 대회에 우릴 초대하고 싶다는구려. 내용이 생각보다 간곡하오. 꼭 와서 자리를 빛내달란 내용인데, 여러분들의 생각은 어떻소?"

상인들 세계에서 '늙은 여우' 라 불리는 보성염가의 가주 염설희가 탐탁지 않은 눈초리를 했다.

"왜 갑자기 특별한 교류가 없던 무림세가에서?"

"아마도 시기가 맞아떨어졌던 것 같고, 또 가까운 곳에서 모였다는 게 그 이유인 것 같소. 그리고 위지람 가주의 두 아들도 대회에 참가를 한다는 것 같은데, 그것도 요인이지 않을까 하오."

위지세가처럼 무가이기도 한 일풍위가의 '위철승(韋鐵承)' 가주가 반문했다.

"천 가주의 생각은 어떠십니까?"

"음, 내 생각은 여러분들이 달리 특별한 일정이 없다면 함께 참석해 보는 것도 나쁠 것이 없다고 생각하오. 이번 기회에 무림의 인사들과도 좀 더 친숙해질 필요가 있단 생각도 들고!"

천세득의 말에 가주들이 서로 수군거렸다. 결국 합의된 결정을 위철승이 말했다.

"좋소. 그럼 참석하는 걸로 합시다. 특별한 일정이 있는 것도 아니니 좋은 자리가 될 듯싶구려."

그것으로 오대상회 회의는 마지막에 남궁세가주의 초청에 응하는 것으로 결정을 하고 마무리되었다.

*   *   *

"공자님은?"

마지막 회의를 마치고 돌아온 편가연이 귀빈관으로 들어서자마자 시시를 보곤 궁외수부터 찾았다.

"방에 계세요."

시시가 편가연의 처소 맞은편 작은 방을 가리켰다. 외수가 대륙천가에 오고 나서 그에게 배정된 방이었다.

"궁 공자님? 저예요. 잠깐 들어가겠습니다."

편가연은 방문 앞에서 살짝 읊조리곤 조심스레 문을 열었다.

방 안 한구석에서 칼을 들고 이리저리 움직이고 있던 외수가 동작을 멈추고 돌아보았다.

"끝난 거야?"

"네. 수련을 하고 계셨군요. 방해가 된 건 아닌지."

"괜찮아. 무슨 일이야?"

"갑자기 엉뚱한 일정이 생겨 말씀드리려 왔습니다."

"엉뚱한 일정?"

"네. 남궁세가에서 무림대회가 있다는데, 거기에 참관 초청이 왔어요."

"……."

남궁세가의 무림 후기지수 대회. 외수도 아는 내용이라 듣고만 있었다.

"거기 들렀다가 금릉으로 가야될 것 같습니다."

시시가 끼어들었다.

"이상하네요, 아가씨? 우린 남궁세가와 교분이 없었잖아요."

돌아본 편가연이 자상하게 대답해주었다.

"나만이 아니라 오대상회 가주 모두를 초빙한 거야."

"그래서 가시게요?"

"가야 할 것 같아. 다른 분들 뜻이 그래."

"위험하지 않을까요? 사람으로 굉장히 붐빌 텐데. 그 틈에 자객이라도 섞여 있으면……?"

편가연이 고개를 끄덕였다.

"그게 우려스럽긴 해도 다 같이 움직이는 자리이니 별 문제는 일어나지 않을 것 같아. 각자 호위할 위사를 데리고 갈 테니까."

듣고 있던 외수가 짧게 정리했다.

"가! 나도 그 대회가 어떤 대회인지 궁금하기도 했어!"

편가연이 가볍게 웃었다.

"그런가요? 잘됐네요. 공자님께 도움이 될지도 모르겠어요. 거기엔 제 사촌 오라버니도 참가한다는데, 사실 저도 조금 보고 싶기도 해요."

무림삼성의 음모를 알 리 없는 편가연. 그녀는 그저 외수의 무공에 도움이 된다는 생각에 기쁘기만 했다.

"언제 출발해?"

"내일 아침입니다. 대회는 모레부터 사흘간 진행된다고 하더군요."

대답을 마친 편가연이 은근슬쩍 외수의 눈치를 살폈다.

"음, 시간이 좀 남는데… 뭘 하죠?"

돌아보는 외수.

"뭘 하고 싶은데?"

편가연이 말을 못하고 머뭇댔다.

시시가 머뭇대는 그녀에게 물었다.

"아가씨, 하시고 싶은 게 있으세요?"

편가연은 잠시 시시를 쳐다보다 외수에게로 고개를 돌렸다.

마주보는 편가연의 눈. 크고 아름다운 눈망울에 슬픔이 가득 물들고 있었다.

"갑갑… 해요."

비로소 열린 편가연의 입. 그 한마디로 모든 게 설명이 되었다.

외수는 물끄러미 편가연을 쳐다보았다. 편장엽이 살해된 후 몇 달 동안 폐인처럼 갇혀 지내다시피한 그녀. 숨이 막혔을 것이었다. 조롱 속의 새처럼 얼마나 답답했을 것인가.

외수는 들고 있던 칼을 허리춤 도대의 칼집에 꽂았다. 그리고 바깥을 향해 운신하며 말했다.

"따라와!"

"……?"

어리둥절한 시시와 편가연. 시시가 얼른 따라붙으며 물었다.

"공자님, 어딜?"

시시에게 팔을 잡힌 외수가 우두커니 서 있는 편가연을 돌아보았다.

"갑갑하다며. 밖을 마음껏 돌아다니고 싶단 뜻 아냐?"

"하지만……?"

대답을 못하는 편가연. 외수의 말이 맞다. 그러나 그럴 수는 없었다. 그녀라고 어찌 모를까. 그러고 싶어도 해서는 안될 일이라는 것을. 그건 바로 자신뿐 아니라 외수까지 죽음으로 내모는 일인 것이다.

편가연은 슬프게 고개를 저었다.

"이봐, 편가연!"

외수의 부름에 편가연이 다시 눈을 마주했다.

"날 믿어! 설마 지금도 못 믿는 거야?"

커다란 편가연의 눈망울이 아니라고 맹렬히 외치고 있었다.

외수가 낮고 차분한 음성으로 다시 한 번 확신을 주었다.

"괜찮아. 걱정 말고 네가 하고 싶은 대로 해!"

"……?"

움찔 몸을 떠는 편가연. 땅에 붙은 그녀의 발이 무척이나 망설이고 있었다.

"지금 놈들은 함부로 설치지 못해. 있어도 옷깃조차 못 건들게 할 테니까 아무 걱정 마! 아니, 오히려 튀어나오면 좋겠군. 관부에서도 정체를 알아내지 못했다는데 제대로 사로잡아 껍데기를 벗겨보게."

외수의 눈초리가 빛을 발하는 듯했다.

편가연은 시시를 보았다. 가만히 고개를 가로젓는 시시. 하지만 편가연은 힘차게 그녀의 손목을 움켜잡았다. 이미 작심했다는 뜻.

외수가 비릿한 웃음을 짓고 먼저 방을 나섰다.

편가연도 드디어 움직였다. 시시의 손목을 단단히 잡은 채.

"호위장! 다섯 사람만 데리고 멀리서 따라오시오!"

거실에 위사들과 있던 담곤이 외수의 말에 어리둥절해 했다.

"무슨 일입니까? 어딜 가십니까?"

외수는 대꾸하지 않고 따르는 편가연과 시시를 거느린 채 귀빈관을 나갔다.

당황한 담곤이 서둘러 다섯을 지정하고 뒤를 쫓았다.

대륙천가 정문.

점심나절 따가운 햇살 속에 번을 서던 위사들이 거물이 등장하자 바짝 긴장했다. 극월세가의 가주. 그런데 뒤따르는 인원을 확인하곤 어리둥절 의아해했다.

"담 대협! 무슨 일이오? 어딜 가시는 게요?"

이미 앞뒤 사정을 파악한 담곤이 정문 위장의 물음에 비시시 웃었다.

"나들이!"

"예에? 이 인원으로 말이오?"

"흐흐, 뭐가 문제요. 위사 수십보다 더 강한 호위께서 저기 계신데."

담곤의 턱짓을 따라 외수를 쳐다보는 정문 위장. 어제 아침 난리를 지켜보았고, 빠르게 퍼진 소문으로 그가 편가연을 구한 사실과 정혼자라는 사실 또한 들었기에 담곤의 말뜻을 바로 알아들었다.

"그, 그래도 조심하시오. 극월세가가 워낙 큰 위협에 처하고 있다하니 걱정되오. 행여 무슨 일이 발생하면 바로 알려주시오. 아이들 끌고 바로 달려가리다."

"고맙소, 위장! 그리하겠소."

걱정스런 대륙천가 위장의 표정.

담곤이 태연한 척하긴 했으나 속으론 불안한 게 사실이었다. 살수란 언제 어디서 어떤 형태로 튀어나올지 모르는 존재들이 아니던가. 특히 이런 도심에선 여인이나 노인, 심지어 아이로까지 변용을 하고 숨통을 노리는 자들인 것이다.

담곤은 깊은 침음을 삼키고 조심스레 다섯 명의 수하를 다그치며 외수와 편가연의 뒤를 따랐다.

"눈들 똑바로 뜨고 살펴! 작은 움직임도 놓쳐선 안 돼!"

외수를 따르던 편가연은 대륙천가의 정문을 나서는 순간부터 가슴을 졸이기 시작했다. 갑갑하단 말 한마디에 내려진 결정. 실제로 밖으로 나서자 심장이 떨려 걸음조차 내딛기 어려운 그녀였다.

그때 몇 걸음 앞에 가던 외수가 멈추고 돌아서 째려보았다.

"이봐! 그게 뭐야? 너 겁먹었다고 놈들에게 보여주는 거야? 지금 더 갑갑한 모습을 보이고 있잖아! 분명 놈들 눈은 있어. 하지만 지금부터는 그런 것 전혀 의식하지 마! 나약해 보여. 지금 이 순간만큼은 날 믿고 다 잊어! 놈들도 없고, 위협도 없는 거야. 시시, 너도! 둘 다 영리하니까 알아듣지?"

"네, 그럴게요. 그러겠어요!"

편가연이 다시 한 번 힘을 주며 다짐했다.

"좋아! 그럼 나도 의식하지 마! 조용히 뒤에서 따라가기만 할 테니까!"

편가연이 거리에 나서자 이내 사람들이 술렁거렸다.

뛰어난 외모는 둘째 치고 그녀에게 흐르는 기품만으로도 평범한 여인이 아님을 짐작하는 탓이다. 그리고 그들 중엔 그녀가 극월세가의 주인임을 알아보는 자들도 있어 여기저기서 바로 감탄이 터져 나왔다.

좀 더 가까이서 보기 위해 몰려드는 사람들. 심지어 인사를 건네거나 손을 내미는 사람들도 있었는데, 그때부터 편가연의 얼굴엔 미소가 번지기 시작하며 편안히 인사를 받아주는 모습까지 보였다.

시시와 같이 사람들 속을 걷는 편가연.

뒤에서 따라 걷는 외수만 정신없이 바빴다. 겉으론 팔짱을 낀 채 느긋한 척했지만 사방을 아울러 다 주시해야 했고, 행여 편가연과 사람들의 접촉이 일어날 성 싶으면 뒤쪽의 담곤에게 눈짓을 해 위사들로 하여금 접근을 차단케 했다.

"시시, 뭘 할까?"

정말 태연스러워진 편가연. 정말 아무 일도 일어나지 않을 거라고 믿는 듯 자연스러웠다.

"뭘 하고 싶으세요, 아가씨?"

"음, 우선 네 옷을 고르러 가볼까? 그동안 밖에서 고생 했으니 좋은 옷을 사줄게. 궁 공자님 것도 몇 벌 사고."

"호호, 저는 괜찮아요. 시녀가 무슨 좋은 옷이 필요해요. 옷은 그냥 공자님 것만 골라 봐요."

시시는 웃는 게 웃는 것이 아니었다. 혹시라도 일이 터져 편가연이 잘못될까 봐 마음속은 초조하고 불안하기만 했다.

하지만 편가연은 정말 태연했다. 시시는 그녀를 좋은 옷과 옷감을 파는 곳을 찾아 안내했고 편가연은 전혀 거리낌 없이 옷을 고르는 데 집중했다.

"음, 시시! 난 아무래도 저게 좋을 것 같은데?"

"호호, 아가씨! 그건 안 돼요."

"왜?"

"공자님은 그렇게 화려하고 고급스러운 것 싫어하세요. 입고 계신 옷을 보세요. 그걸 사면 나중에 바꾸러 와야 해요."

"그래?"

편가연이 바깥에서 주변을 살피고 있는 외수를 돌아보곤 자기가 고른 옷이 정말 안 어울리는지 가늠해 보는 듯 옷을 들고 연신 아래위를 힐끔거렸다.

"그럼 어떤 걸 사야 하지?"

"저런 거요."

시시가 몇 가지를 가리켰다. 그러자 편가연은 그것 중 자기 맘에 드는 것을 모조리 사버렸다.

"좋아! 이젠 옷은 됐고 좋은 술과 고기를 사러 가야겠어!"

"술과 고기요?"

"그래, 오늘 저녁은 우리끼리 만찬을 하는 게 좋겠어. 동료를 잃고 고생한 위사들을 위로할 겸."

"좋은 생각이세요, 아가씨!"

시시와 편가연은 옷집을 나와 술과 고기 등 음식을 사기 위해 다시 거리를 걸었다.

그때 길거리 음식을 팔던 여인네 하나가 다가와 무언가를 내밀었다.

"아가씨, 이것 좀 드셔보세요."

"어머? 이게 뭐죠?"

"제가 만든 과자랍니다. 비록 아가씨처럼 존귀한 분이 드실 것은 못되지만 그래도 한 번 맛보세요."

"고맙습니다. 얼마죠?"

"아이고, 아니에요. 돈을 받고자 드리는 것이 아니랍니다. 극월세가의 영애를 뵙게 되어서 너무나 기뻐 드리는 것입니다. 앞으로도 강녕하세요."

"네, 아주머니. 고맙습니다."

편가연이 정녕 감사한 마음으로 과자를 받았다.

그러자 다른 장사꾼도 너도나도 달려들었다.

"아가씨, 제 것도 드셔보세요."

"이것도 드시고 세상에 좋은 복 많이 내려주세요."

편가연의 손과 품엔 금세 과일, 만두, 꼬치, 경단 따위의 먹을거리들이 가득 안겨졌다. 사람들이 마치 신께 예물을 바치는 것 같았다.

편가연은 어느 것 하나도 마다하지 않고 일일이 받았다. 그들의 마음을 아는 탓이다. 위협 따위에 굴하지 말고 꼭 굳건히 살아남아 극월세가를 더욱 잘 지키고 이끌어 달라는.

감동에 눈물이 지어질 것 같은 편가연은 답답했던 가슴이 비로소 뻥 뚫리는 것 같은 기분에 한결 편안해졌다.

"고맙습니다. 여러분들도 강녕하시고 좋은 일 많길 바랄게요."

"네, 아가씨! 고맙습니다!"

쏟아지는 함성과 응원.

옆에서 지켜보고 있던 외수도 편가연과 극월세가의 위상을 절감했다. 다들 처음 보는 사람들일 텐데도 저런 애정과 환영이라니. 그녀를 지키고 보호해야 하는 또 다른 의미를 새삼 자각하는 외수였다.

대략 한 시진 가량의 외출. 돌아오는 길엔 편가연과 시시뿐

아니라 따라갔던 위사들까지 잔뜩 안고 들고 메고 짐꾼 노릇
을 해야 했다.

외수의 예상대로 어떤 일도 일어나지 않았다. 그리 긴 시간
은 아니었지만 편가연은 마음껏 거리를 휘저었고, 오랜만에
자유를 만끽했다.

"아니 담 대협, 그것들이 다 무엇이오?"

대륙천가 정문 위장이 한 짐씩 둘러메고 오는 극월세가 위
사들을 보고 휘둥그레진 얼굴로 물었다.

역시 술 단지를 한아름 품은 담곤이 큰소리로 웃으며 자랑
스럽게 대답했다.

"하하하, 가주께서 우릴 위해 산 술과 고기, 기념품 등이라
오. 떠나기 전 만찬을 하신다고 하오."

"오, 그렇소? 그것 참 좋겠구려. 정녕 부럽소."

정문 위장은 나갈 때와는 너무 다른 분위기로 돌아온 그들
을 보며 벌어진 입을 다물지 못했다.

*　　　　*　　　　*

느닷없이 대륙천가 귀빈관 앞마당에서 잔치(?)가 벌어졌
다. 푸짐한 음식. 거기다 편가연으로부터 각자 선물까지 받은
위사들은 잠시 힘들었던 일정을 잊고 허락된 술판을 마음껏
즐겼다.

"이봐! 다들 적당히 마셔! 그렇게들 퍼마셔서 내일 아침 일어날 수나 있겠어?"

"담 대장! 지금 우리 보고 뭐라 하는 거요? 우리가 보기엔 대장이 제일 많이 마신 것 같은데?"

"그런가? 푸하하하!"

왁자지껄 농담이 오갔다. 담곤이 편가연, 시시와 나란히 앉은 외수를 향해 술잔을 들고 일어섰다.

"아하하하, 궁 공자! 이 담곤이 한 잔 올리겠습니다. 궁 공자가 아니었으면 지금 이런 자린 있지도 않았을 겁니다. 감사주를 올리겠소."

외수가 거부 없이 술잔을 맞들었다.

그러자 다른 위사들도 일제히 일어났다.

"공자, 우리도 마찬가지요. 공자 덕분에 아가씨도 지켰고, 우리 역시 목숨을 부지할 수 있었소. 먼저 간 동료들의 넋과 함께 감사를 올리겠소."

외수가 위사들을 향해 재차 술잔을 들어보였다.

쭈욱. 벌컥벌컥.

사십여 명이 술을 들이켜는 소리가 메마른 대지에 쏟아지는 비처럼 시원스러웠다.

밤이 되어서도 등불을 내걸고 계속되는 술판. 아직 술이 어색한 외수는 몇 잔을 더 마신 후 슬그머니 자리에서 빠져 연못 쪽으로 피신(?)했다.

그러자 편가연도 일어나 조용히 따라왔다.

"공자님, 왜 더 안 드시고?"

정자 난간에 걸터앉은 외수가 돌아보았다. 조금 술기운이 있는 듯 수줍은 소녀처럼 발그레한 얼굴인데도 변함없이 차분하고 흐트러진 곳 없는 그녀. 희미한 등불 아래에 선 그녀의 자태와 기품은 조금도 퇴색되지 않고 반짝거리기만 했다.

"익숙지 않아."

무뚝뚝한 대꾸에 잔잔한 미소를 짓는 편가연. 할 말이 있는 듯. 언제나 크게 웃는 모습을 보이지 않는 그녀지만 그것이 그녀를 더욱 차분하게 보이게 했다.

"오늘 마음이 편했어요. 공자님 덕분에."

외수가 고개를 끄덕였다.

"앞으로도 쭉 그렇게 살아! 놈들 위협 따위 신경 써봐야 좋을 게 없어."

"그러겠습니다."

말을 머금은 편가연이 물끄러미 서서 조금 어색해하는 사이 외수는 온조와 담곤 등에게 술을 받아 마시는 시시를 보며 피식 웃었다. 자기와 편가연이 자리를 뜨는 바람에 꼼짝없이 붙잡혀 곤욕을 치르는 중으로 보였기 때문이다.

"공자님?"

"응?"

"돌아오셔서 기쁩니다."

생각지도 못한 말에 외수가 물끄러미 쳐다보았다.

"저 때문에 돌아오시지 않으면 어쩌나 걱정했었습니다."

술기운에도 가지런한 그녀. 눈길을 피하느라 살짝 고개를 떨어뜨린 그녀가 귀여웠다.

외수가 턱 끝으로 시시를 가리키며 말했다.

"저기 거머리 시녀 때문이지. 그딴 어설픈 흉계에 걸리다니. 훗!"

스스로도 어처구니없단 듯 실소를 흘리는 외수. 편가연도 빙긋 웃었다.

"재기가 넘치는 아이니까요."

"툭하면 우는 울보이기도 하지."

"하지만 제겐 떼어낼 수 없는 소중한 존재예요. 유일한 제 편이거든요. 사실 그녀가 공자님을 쫓아나가고 난 뒤 혼자 많이 서운해 했었어요. 정말 나갈 줄은."

"밖에서도 네 생각뿐이었어."

"알아요. 그 덕분에 지금 공자님과 제가 이렇게 같이 있을 수 있게 된 거니까요."

말을 해놓고 수줍어하는 편가연. 그녀는 조금 더 용기를 냈다.

"저 때문에 많이 실망하셨죠? 앞으론 그런 일 없도록 하겠습니다."

외수가 가만히 쳐다만 보았다. 홍조를 띤 편가연의 얼굴. 외수는 그 기색을 노려보다가 중얼거리듯 말했다.

"대극월세가를 이끄는 주인답지 않군."

"네?"

"나 따윌 뭣하러 신경 써?"

"……?"

갑자기 퉁명스러워진 말투와 눈초리에 편가연이 당황하는 기색을 감추지 못했다.

"내가 어떤 사람인지 보여주지!"

낭가에 아무렇게나 걸터앉아 있던 외수가 일어났다. 그리고 붕대를 감고 있는 팔의 소매를 걷어 편가연 앞에 내보였다.

도검에 베이고 뜯긴 팔뚝의 흉터들. 엊그제 당한 상처 외에도 치열했던 싸움의 흔적이 눈을 아프게 했다.

외수가 말했다.

"이게 나야! 팔뿐 아니라 전신이 이러해! 이것들, 곤양을 나온 이후 그 짧은 기간에 얻은 것들이야."

상처를 내려다보는 편가연의 눈망울이 애처로이 일렁였다.

"무슨 뜻인지 알겠어? 언제 어디서 죽을지 모르는 사람한테 쓸데없는 마음 쓰지 말란 뜻이야."

"……."

외수는 말없는 편가연을 뇌두고 바로 그녀를 지나쳐 정자를 나섰다.

가슴이 먹먹한 편가연. 뒤늦게 돌아보았으나 외수는 벌써 자신의 숙소를 향해 귀빈관으로 들어가고 있었다.

第六章

남궁세가 속의 수작

놈의 싸움질을 무공이라 말하지 마라.

칼 들고 싸우다 급하면 돌도 집어 던지고, 흙덩이도 집어 던지고. 손에 잡히는 것이라면 개똥도 집어 던질 놈이니까.

더러운 새끼!

—돌멩이에 머리통 깨진 놈

　남궁세가 인근의 야산. 소나무가 우거진 숲길에 면사가 드리워진 죽립을 쓴 두 명의 인물이 나타나자 미리 와서 기다리고 있던 대여섯의 사람이 머리를 조아렸다.

　"가주!"

　"무엇이냐, 급히 보고할 일이라는 게?"

　죽립을 벗어들고 기다렸던 자들 중 이마에서 뺨으로 이어진 긴 칼자국을 가진 애꾸눈 사내가 말했다.

　"저번에 행렬을 급습했던 살수들을 괴멸시킨 자를 알아낸 것 같단 보고입니다."

　면사 속 노년에 이른 중년인의 눈살이 찌푸려졌다.

"누구라더냐, 그 자가?"

"궁외수라고 편가연의 정혼자라는 놈이 그 범인 같다고 합니다."

"뭐, 궁외수?"

"예, 가주!"

애꾸눈 사내의 보고에 중년인의 신형이 살짝 흔들렸다. 그러자 같이 온 옆의 젊은 사내가 발끈했다.

"말도 안 되는 소리! 그럴 리 없습니다. 다시 조사하라고 하세요!"

"아닙니다. 보고 내용을 보면 확실한 듯합니다."

"누가 그런 보고를 한 것이오?"

"대류천가 주변에서 백수 측 살수들과 감시 중인 우리 쪽 아이들에게서 올라온 보고입니다."

"우리 쪽?"

"예! 그저께 새벽에 편가연으로 의심되는 수상한 여자가 혼자 대류천가를 나와 이동하기에 따라가서 확인했더니 그녀가 틀림없었답니다. 그녀가 한 사내를 만났는데 그가 궁외수란 놈이었고, 공격했던 백수 쪽 살수들이 편가연의 옷깃조차 건드려 보지 못하고 모조리 그에게 죽임을 당했다고 합니다. 같이 움직였던 우리 수하 하나만 겨우 살아왔는데 그의 증언에 의하면 정말 전광석화 같은 살인술이었다고 합니다. 처음엔 칼도 지니지 않은 상태였다는데 눈 깜짝할 사이에 칼을 빼앗아 같이 간 여덟 명을 도륙해 버렸다고 합니다."

"그, 그… 럴 리가?"

젊은 인물이 믿지 못하겠다는 듯 주춤댔다.

긴 흉터의 애꾸눈 사내가 그의 눈치를 보며 말을 이었다.

"그뿐만이 아니라 어제 점심나절엔 그와 편가연이 거리에 나서기까지 했답니다. 위사라곤 고작 다섯만 데리고 나왔는데, 편가연이 군중들 틈에서 전혀 거리낌 없이 거리를 활보하는데도 그 궁외수란 자가 같이 있어서 감히 손 쓸 엄두도 내지 못했다고 합니다. 그리고 어제의 그 사실은 '적수'와 '청수' 쪽에서도 확인했습니다."

"……?"

그래도 고개를 젓는 젊은 사내. 도무지 받아들여지지 않는단 표정이었다.

그러자 듣고 있던 중년인이 혼잣말처럼 지껄였다.

"어차피 다른 조치가 필요했으니까 어떤 놈이 범인이건 상관없어."

"아버지, 분명 잘못된 정보일 것입니다. 그놈이 그럴 리가 없습니다."

"확인해 보면 알 테지. 곽추(郭秋)! 백수 측의 답신은 왔느냐?"

곽추라 불린 애꾸눈 사내가 즉시 대답했다.

"예, 가주! 실패를 만회하고자 초특급으로 열 명을 보낸다고 합니다."

"그래 좋아! 우리도 무망산(无妄山)에서 다섯만 불러!"

중년인의 말에 젊은 사내가 펄쩍 뛰었다.

"아버지! 그들을 벌써 불러내시게요? 나중을 위한 안배가 아닙니까. 끝까지 숨겨야 할 존재들입니다. 지금 그들을 등장시키는 건 결코 좋은 생각이 아닌 것 같습니다."

"괜찮아. 고작 다섯이잖아. 지금은 극월세가를 손에 넣는 것이 먼저야. 그들 다섯이면 능히 절대고수도 상대할 수 있을 테니까 다시는 실수가 없도록 확실하게 마무리해야 해!"

"그래도 걱정이 됩니다. 그들의 무위라면 백수 측 살수들이 평범치 않음을 금방 눈치챌 텐데요."

"특별한 경우가 아니곤 나서지 말라고 하면 돼. 입 조심시키고 일반 수하들처럼 행동하라고 해!"

젊은 사내의 표정이 계속 못마땅한 듯하자 중년인이 덧붙였다.

"여유가 없는 걸 알지 않느냐. 지금 적수와 청수 등에게서 들어오는 자금으론 우리의 계획을 유지하기엔 턱없이 부족해. 그들이야 우리의 목적이 오로지 극월세가에 있는 줄로 아니까 어쩔 수 없지. 두 번의 실패는 용납이 안 돼! 살수들을 믿고 있을 순 없어. 이번만큼은 반드시 편가연이 극월세가로 돌아가기 전에 제거해야 해!"

중년 인물의 의지에 젊은 사내가 걱정스런 표정을 하면서도 말문을 닫았다.

*　　　*　　　*

오대상회의 주인이 다 같이 움직이는 행렬. 외수는 말에서 내려 바위에 걸터앉은 채 휴식 중인 무리를 쳐다보았다. 편가연을 따라온 극월세가의 위사가 가장 많았지만 다른 가문도 수행자까지 포함하면 적지 않은 인원이었다.

각자 마차에서 내려 몸을 푸는 부호들.

외수는 그들의 모습을 보며 웃음을 흘렸다. 팔을 휘둘러보기도 하고, 허리를 돌리거나 엉덩이를 두들기기도 하고, 제자리에서 폴짝거리는 사람도 있었는데, 천하의 금권을 다 쥐고 있는 부자도 일반인과 다를 게 없이 엉성한 동작으로 몸을 푸는 게 우스워서였다.

하긴 덜컹대는 마차 안에 오래 앉아 있는 것도 적잖은 고역일 터였다.

"공자님, 이거라도 좀 드세요."

어느새 시시가 다가와 사과 하나를 내밀었다. 이제 편가연의 마차를 타고 편하게 움직이는 그녀였다. 편가연은 외수 역시 마차를 탈 것을 바랐으나 외수는 만일의 사태에 대비해 위사처럼 말을 타고 움직였다.

시시가 건네는 사과를 사양 않고 받아 바로 한 입 베어 무는 외수.

우적우적.

"얼마나 남았지?"

"저도 남궁세가엔 가보질 않아서 정확히는 모르지만 황산까진 대략 한 시진 정도 남았어요."

바위에 앉아 앞으로 몸을 구부린 삐딱한 자세의 외수가 편가연이 있는 쪽을 보며 말을 이었다.

"저기 있는 자들 말이야. 위지세가 사람이라고 했던가?"

시시가 편가연에게 다가와 대화를 나누고 있는 위지세가의 두 아들을 돌아보곤 대답했다.

"네, 맞습니다. 위지세가의 자제분들이네요."

"저것들이 날 자꾸 힐끔거리는데 무슨 얘길 하는 거야?"

외수는 기분이 나빴던 모양인지 자세만큼이나 눈초리도 삐딱했다.

시시가 빙긋이 웃었다.

"이해하세요. 저들 두 사람만 그렇겠어요? 공자님은 모두의 관심 대상인걸요. 갑자기 나타난 정혼자, 거기다 아가씨를 구한 무용담까지. 어찌 눈이 모이지 않겠어요."

그러고 보니 다른 인간들도 가끔 외수를 쳐다보고 있었다. 오대상회 총수들은 물론이고 그들을 보좌하는 수행원이나 위사들까지 힐끔대는 시선을 느낄 수 있었다.

"어라, 이리로 오는군."

외수가 구부리고 있던 허리를 천천히 세웠다. 위지흔, 위지강 두 형제가 친근한 척 웃음을 짓고 다가서고 있었기 때문이다.

"하하, 궁 형! 이제 앞으로 자주 볼 사이인데 제대로 인사를 나눌 기회조차 갖지 못했구려. 이렇게 뵐 수 있게 되어 반갑소."

외수는 두 사람의 웃음에 가볍게 목례만 했다. 둘 다 검을 지니고 있었지만 무인 같지 않은 화려한 치장에 별로 와 닿지 않는 탓이다. 검은 물론이고 머리끝부터 발끝까지 온갖 보석으로 멋을 낸 두 사람은 눈이 찌푸려질 만큼 요란스러웠다.

"불편하지 않소? 어째서 마차를 타지 않고 위사들과 움직이는 게요?"

"마차에선 밖을 온전히 내다볼 수가 없지 않소."

"오, 위사들이 있음에도 경계를 늦추지 않는단 뜻이구려. 대단하오. 솔직히 우린 궁 형께서 혼자 편 가주를 구했단 말을 듣고 믿지 않았었소. 놀랍소. 우리와 다를 게 없는 연배인데 어떻게 그런 고강한 무위를 지닐 수 있는지 궁 형의 무위가 실로 궁금하오. 일견 보기엔 겉으로 전혀 표도 나지 않는데 말이오."

"혼자 한 게 아니오. 여럿의 희생이 있었소."

"하하, 겸손하시구려. 그 희생을 줄여준 게 궁 형이라 들었소. 언제 기회가 닿아 궁 형의 무공을 직접 볼 수 있었으면 좋겠구려. 도대체 어떤 고절한 무공을 익힌 것이오? 실례가 안 된다면 무공의 이름이나 초식명 하나만이라도 가르쳐 줄 수 없겠소? 정말 궁금하오."

"……."

엉뚱한 요구에 외수가 두 사람을 번갈아 쳐다보았다. 속내가 무엇인지 몰라도 기어이 듣고 말겠단 얼굴들. 외수는 어쩔 수 없이 말했다.

"음, 파천대구식이라고 책방에서……."

"파천대구식?"

외수가 말을 끝내기도 전에 두 형제가 호들갑스런 감탄부터 터트렸다.

"오오, 이름부터 예사롭지 않구려. 파천대구식이라. 궁 형께서 풍기는 강렬한 인상과 무척이나 어울리오. 이거 정말 견식해 보고 싶어 안달이 나는구려. 하하하하!"

외수는 친근함을 가장하고 감언을 쏟아내는 두 형제의 얼굴에서 설핏설핏 알 수 없는 경계의 눈빛이 어리는 것을 느낄 수 있었다.

외수가 가만히 실소를 흘렸다.

"아마 실망할 것이오. 난 손에 칼을 든 지 한 달도 되지 않았소."

"……?"

갑자기 안면을 경직시키는 위지흔, 위지강 형제.

"무슨 소리요? 한 달이라니. 그럼 내공 위주의 수련만 해왔었단 말이오?"

"내공이고 뭐고 간에 내가 무공이란 걸 접한 게 그것밖에 안 된단 뜻이오."

"아하하, 그럴 리가. 농담도 지나치시구려. 하하하하!"

외수가 두 형제의 웃음을 보며 일어났다.

"난 농담 같은 거 하지 않소."

뭉툭한 태도.

위지흔, 위지강 형제가 안면을 일그러뜨렸으나 외수는 아랑곳 않고 백설의 고삐를 잡아갔다.

"시시, 출발할 모양이니 마차로 가봐!"

"네, 공자님!"

시시가 편가연에게로 돌아가자 위지흔과 위지강도 어쩔 수 없이 물러나야만 했다.

"흥, 여우 같은 놈! 어떤 놈인지 알아보려고 했더니 틈을 안 주는군."

마차로 돌아가는 길에 동생인 위지강이 투덜댔다.

"형, 저 새끼 왜 저리 뻣뻣하지? 근본조차 알려지지 않은 놈이 편가연의 정혼자란 이유로 너무 건방지잖아."

"후후, 편가연의 정혼자라면 그럴만하지. 금력과 미인을 동시에 거머쥔 인간인데."

"아무리 그래도 그렇지. 그나저나 믿어져? 저 새끼가 그런 고수라는 게? 혹시 다른 수단을 썼던 게 아닐까?"

"글쎄, 뭐 그것도 기다리면 확인해 볼 날이 오겠지."

"파천대구식은 뭐야? 들어본 적도 없는 무공이잖아. 그런 무공 알아?"

"알려지지 않은 고수의 독문무공을 전수받았을 수도 있잖아. 이번 대회에 놈도 참가하면 확실히 가늠해 볼 수 있을 텐데 아쉽군. 아무리 봐도 살수 삼십여 명을 혼자 쓸어버렸다고 믿기엔 어딘지 너무 허술해 보이는데 말이야."

"형도 그렇지? 뭔가 이상해. 나이도 나보다 한 살 어린데 인상만 조금 강인해 보일 뿐 태양혈도 밋밋하고 무공을 익힌 흔적이 뚜렷하지가 않잖아. 왠지 놈을 볼 때마다 뭔가 사기를 당하는 것 같은 느낌이라 기분이 더러워!"

"참자. 놈이 고수인지 아닌지 조만간 모든 걸 다 알게 될 테니."

* * *

타인의 출입이 금지된 남궁세가의 별당을 차지하고 앉은 무림삼성은 궁외수를 기다리는 시간이 지루하기만 했다. 첫날은 남궁산이 자식부터 시작해 세가의 혈족들을 일일이 데려와 인사시키는 바람에 나름 귀찮았지만 지금은 오히려 할 일이 없어 마당에 나와 앉아 무료한 시간만 보내고 있었다.

"우치 오라버니, 궁외수 그 녀석이 대회에 참가할까요?"

"낄낄, 걱정마라. 결국은 하게 될 게다."

안락의자에 몸을 눕힌 구대통. 자신감 넘치는 그의 웃음이 영 수상한 명원신니가 의자에 기대고 있던 몸을 일으켰다.

"어떻게 단언하는 거죠?"

"낄낄, 염가 녀석이 준비 중이야."

"무슨 말씀이세요? 낭왕이 무얼 준비한단 거예요?"

"그 녀석 낚을 미끼!"

"네? 그게 뭔데요?"

"낄낄, 지금은 알려고 하지 마! 어차피 알게 될 테니까."

구대통의 웃음에 따로 평상에 앉아 운기조식을 하고 있던 무양도 슬그머니 눈을 뜨고 쳐다보았다.

"음, 다행이네요. 솔직히 저는 자기 손녀를 구해줬다고 손을 떼면 어쩌나 걱정하고 있었는데, 방 안에 박혀 코빼기도 안 내보이는 이유가 있었군요."

"흐흣, 맞아. 나도 좀 불안하긴 했었어. 하지만 걱정 안 해도 돼! 자기 눈으로 똑똑히 확인하고 싶어 하니까. 오히려 반야를 구해준 일로 인해 더 확인하고 싶어 하는 눈치야. 염치우가 누구냐. 구해준 건 구해준 거고 살성을 그냥 보고 넘어갈 인간이 아니잖아. 그나저나 오늘쯤 오겠지? 내일부터 대회니까 말이야. 그런데 미기 녀석은 왜 안 보이냐?"

"아까 반야 데리고 나갔어요. 세가 안을 돌아본다고."

"어쩐 일이냐, 그놈이? 다른 녀석을 다 챙기고? 또 사고치는 건 아니겠지?"

"세가 안에서 움직이는 건데 뭐 어때요. 지금 전국의 유명 가문과 대소문파의 젊은이가 다 모였으니 반야도 그들과 어울릴 기회를 가지는 건 좋은 일이에요."

세 사람이 이런저런 대화를 이어가고 있을 때 남궁산을 필두로 한 떼의 무리들이 별당으로 줄줄이 들어섰다.

"엥, 뭐냐?"

늘어져 있던 몸을 일으키는 구대통. 무리 중에 점창파의 제자도 보였기 때문이다.

무양진인도 운기조식을 멈추고 평상에 걸터앉았다.

"사조!"

이번에 참가 또는 참관을 위해 온 점팡파와 무당파, 아미파의 제자들이었다. 그들은 무림삼성이 여기 있다는 말을 듣고 바로 달려온 것이었다.

"사조, 어찌 여기 계십니까? 연락도 없이 사라지셔서 장문인의 걱정이 이만저만이 아닙니다."

울상을 짓는 인물. 점창파의 이대제자인 용교천(用喬天)이란 자였다. '철비검(鐵飛劍)'이란 외호를 가진 사십 대 초반의 인물로 점창일기 구대통의 직계사손이 되는 자였다. 그는 무양진인과 명원신니에게도 머리를 조아려 인사부터 했다.

"두 분 사조님도 여기 같이 계셨군요. 교천이 인사 올립니다."

"사조님들께 인사 올립니다."

점창파의 용교천뿐 아니라 아미파와 무당파의 제자들도 인사하기에 바빴다.

그러자 구대통이 버럭 고함을 질렀다.

"시끄럽다! 대회 참가하러 왔으면 볼일이나 볼 것이지 여긴 뭣 하러 와서 귀찮게 굴어? 다들 나가봐!"

"사, 사조?"

용교천이 쩔쩔 매며 울상을 했다.

보고 있던 무양이 그답게 진중한 목소리로 끼어들었다.

"안부 물으러 온 아이들이 무슨 잘못이 있다고 역정이냐. 네가 더 시끄럽다."

무양은 자신의 무당파 제자들에게로 눈을 주었다.

"너희들만 온 것이냐?"

"예, 사조! 이번엔 '청연(靑戀)' 과 '청운(靑雲)' 이 참가케 되어 저희들만 왔습니다."

"알았다. 지켜볼 것인즉 그동안 쌓아온 실력을 유감없이 발휘할 수 있도록 해라."

"예, 사조!"

"그리고 우린 따로 볼일이 있으니 대회를 마치더라도 찾을 필요 없이 바로 돌아가도록."

"그리하겠습니다, 사조!"

유운, 유수 두 이대제자가 군말 없이 깊이 머리를 조아렸다.

조금은 자유로운 점창파에 비해 무당파의 예법은 한층 무겁다는 것이 이 장면만으로도 표가 났다.

대회 참가자 없이 그저 관전만 하러온 아미파의 비구니들도 명원신니에게 손을 모아 머리를 조아리곤 점창, 무당파 사람들과 같이 뒷걸음질을 쳤다.

그들이 물러가자 구대통이 남궁산을 쨰렸다.

"우리가 온 걸 동네방네 알린 게냐?"

"하하하, 삼성께서 왕림하셨는데 어찌 알리지 않을 수 있습니까. 대회를 더욱 빛나게 하기 위해서라도 알려야지요."

넉살 좋게 웃는 검왕 남궁산.

"영악한 놈! 너도 나이를 먹더니 여우가 되어가는 게냐? 우리가 다른 볼일로 왔다는 걸 알면서!"

"하하하, 떡을 봤는데 제사 못 지내겠습니까. 이런 기회에 삼성 어르신들을 이용하지 않으면 언제 이용하겠습니까. 그저 용서하십시오."

"시끄럽다! 네놈도 나가봐! 놈이 도착하면 시킨 일이나 잘하고!"

"옛, 알겠습니다. 그럼 갑니다. 하하하!"

인상만큼이나 유쾌한 웃음을 남긴 남궁산도 부리나케 별

당을 빠져나갔다.

"여러모로 귀찮게 됐군. 숨어서 지켜보려 했건만 대회장에 나가앉게 생겼어."

구대통이 남궁산이 사라진 문을 쳐다보며 투덜거리자 명원이 웃으며 말했다.

"뭐 어때요. 우리도 도움을 받고 있으니 그 정도는 해주죠, 뭐. 검왕 저놈, 미워할 수 없게 만들잖아요. 빤히 드러내 놓고 하는 수작이라. 호호호!"

"그렇긴 해. 후인들 중에 창왕 양사신과 더불어 제일 근사한 녀석이지. 밑바닥까지 깨끗한 녀석들! 무림맹을 맡겨도 될 만한 녀석들이야."

"왜요? 지금 맹주는 맘에 안 드세요?"

"그래. 육승후(陸乘侯), 그놈은 맘에 안 들어! 어딘지 구려!"

현 무림맹을 이끄는 맹주의 이름을 꺼내며 구대통이 안면을 구겼다.

"야, 무양! 넌 그리 생각 안 하냐?"

다시 평상에 올라앉은 무양이 운기조식을 준비하다가 대꾸했다.

"그 녀석이 맡은 지 벌써 십 년쯤 되었나. 곧 임기가 끝나지 않아?"

"흥, 맞아! 그래서 요즘 물밑 작업을 벌이고 다닌다더군. 다음 맹주 선출 자리에서 자리보전하려고 말이야. 밑밥을 여기저기 적잖게 뿌리고 다니는 모양이야."

"후후, 밑밥이라. 그 자리가 생기는 게 꽤 있는 모양이지?
뿌릴 밑밥도 있고."

심각한 사안임에도 무양은 태연하기만 했다.

"어쨌든 그놈은 안 돼! 조사해 보진 않았지만 무림맹 본연
의 목적 외에 다른 일에도 간여하고 다닌단 소문이야."

"신경 꺼라. 아이들이 잘 알아서 하겠지. 어차피 얼마 남지
도 않았잖느냐."

무양은 무시한 채 눈을 감고 운기행공을 시작했다.

구대통이 입을 삐쭉이곤 자리에 다시 벌렁 누워버렸다.

*　　　*　　　*

"여어, 아미파의 미기 사매로군. 옆에 계신 분은 누구신
가?"

미기가 반야의 손을 잡고 남궁세가 이곳저곳을 돌아다고
있을 때 오가는 사람 중에서 누군가 그녀를 알아보고 헤픈 웃
음과 함께 다가섰다.

큰 체격에 시원스럽게 생긴 사내. 그리고 옆에 선 늘씬한 여
인. 하북팽가(河北彭家)의 팽소호(彭昭浩), 팽소민(彭昭玫) 남매
였다.

"오랜만이군. 잘들 지냈어?"

주미기는 자기보다 나이가 많은 팽소호에게도 존대를 하지 않았다. 팽소호나 팽소민 역시 미기가 명원신니를 제외하곤 존대하는 법이 없다는 것을 익히 알기에 개의치 않았다.

"미기 사매, 그 사이 더 예뻐졌군. 어디 잘생긴 낭군님이라도 숨겨놓고 몰래 만나러 다니는 거야? 하하하!"

"뭐야?"

팽소호의 정강이를 걸어차는 미기.

그러나 팽소호는 그럴 줄 알고 기다렸다는 듯 다리를 들어 피하며 더 크게 웃어댔다.

팽소호의 농담에 엉뚱하게도 반야의 얼굴이 빨개졌다. 쑥스러워하는 그녀를 본 팽소민이 재차 물었다.

"같이 계신 분은 누구야?"

미기가 반야를 돌아보며 소개를 했다.

"낭왕 염치우 대협의 손녀야. 서로 인사해!"

"오, 낭왕 염 대협의 손녀분이셨군요. 반갑습니다. 소인, 하북팽가의 팽소호라 합니다. 그리고 이쪽은 동생인 팽소민!"

"안녕하세요. 염반야입니다."

"처음 뵙겠어요. 소민이라고 해요."

팽소민의 눈길이 유심히 반야를 살폈다. 낭왕의 손녀 이야기는 많이 알려져 있어 그녀가 맹인이라는 사실을 알기 때문인데, 전혀 맹인 같지 않아 보이는 모습에 짐짓 놀라는 중이었다.

미기가 소개를 좀 더 붙였다.

"알지? 네 할아버지처럼 의천육왕으로 불리는 '도왕 팽무의(彭茂義)' 대협, 그 영감의 손자 손녀야."

"네."

끄덕끄덕 고개를 끄덕이는 반야. 이런 낯선 만남이 쑥스러운지 제법 볼이 상기된 그녀였다.

"하하하, 이렇게 아리따운 분이 같이 다니니 미기 사매의 미모는 확 죽어버리는군요."

"뭐얏!"

미기가 팽소호의 정강이를 다시 한 번 걷어찼다. 이번엔 일부러 맞아준 것인지 팽소호가 까인 정강이를 잡고 호들갑을 떨었다.

"어쿠! 하하하, 질투인가? 근데 낭왕께선 어디 계시지? 은거 중이라 들었는데 여길 오신 거야? 인사드리고 싶은데? 아직 한 번도 뵌 적이 없어서!"

팽소호가 욕심을 드러내자 미기가 콧방귀를 꼈다.

"흥, 바빠! 인사 받아줄 틈 없어!"

"그래, 아쉬운걸."

팽소호가 입맛을 다실 때 또 다른 청년이 다가왔다.

"팽 사제로군."

화산파 백도헌의 목소리. 아니나 다를까 그와 당문세가의 당철영 등 여러 문파의 후기지수가 다 같이 움직이고 있었다.

"아미파 제자도 있고."

삐딱한 눈초리. 백도헌이나 당철영은 미기를 사매라 부르지 않았다. 위아래도 없이 아무에게나 반말을 찍찍해 대는 그녀가 맘에 들지 않았기 때문이다. 명원신니의 직계 의정사태의 제자라 참는 것뿐이었다.

"누구냐, 같이 있는 사람은?"

백도헌이 미기를 싫어하듯 미기 역시 그나 당철영 등을 별로 맘에 들어 하지 않았다.

미기가 똑같은 눈초리로 응수하는 사이 반야가 먼저 입을 열었다.

"염반야라고 합니다. 앞에 계신 분들은 각대문파의 후기지수들이신가요?"

느낌만으로 인지하는 반야였다.

반야를 보며 고개를 갸웃거리는 백도헌. 미기가 맘에 들지 않듯 같이 있는 사람이 좋게 보일 리 없었다.

그런데 팽소호가 반야에 대한 소개를 덧붙였다.

"낭왕 염 대협의 손녀분이시랍니다."

순식간에 표정들이 변하는 후기지수들. 특히 백도헌과 당철영의 변화가 눈에 띄었다.

"낭… 왕께서 오셨단 말이야? 그럼 무림삼성도 같이?"

이번엔 미기가 대꾸했다.

"그래. 별당에 있어! 무림삼성과 같이! 인사하고 싶음 찾아
가 보던가."

백도헌은 깐족거리는 미기를 한 대 치고 싶은 충동을 겨우
인내하고 있었다.

그런 백도헌이 미기를 노려보며 물었다.

"너, 이번에 참가하냐?"

"아니! 왜? 실컷 때려주게?"

속마음을 들켜버려 무안해진 백도헌이 얼른 표정을 감추
며 어색하게 웃었다.

"하하, 농담도. 이제 너도 제법 실력을 갖췄을 테니 선보일
때가 되지 않았나 싶어서 물어본 거다."

"맞아! 하지만 난 실전도 아닌 비무 놀이 따윈 안 해! 그럼
우린 바빠서 먼저 가볼 테니까 너희들끼리 잘 놀아!"

미기가 반야를 이끌고 총총히 걸음을 옮겨갔다.

그러자 팽소호가 백도헌 등에게 인사를 하고 바로 뒤쫓아
움직였다.

"백 사형, 다른 분들도 그럼 나중에 뵙시다. 이봐, 미기 사
매! 같이 가! 물어볼 게 많단 말이야."

팽소호가 움직이자 팽소민도 당연히 같이 움직였고 두 사
람이 떠나고 나자 백도헌이 버려진 것처럼 우두커니 서서 도
무지 삼켜지지 않은 화로 인해 이빨만 드득드득 갈아댔다.

*   *   *

남궁세가.

무가를 처음 방문해 보는 외수였다. 그것도 무림세가로써 드높은 명망을 가진 가문은.

남궁세가로 향하는 거리는 온통 사람으로 붐벼 마차가 지나기에도 벅찼다.

가면 갈수록 북적대는 인파. 이윽고 남궁세가의 고색창연한 정문과 높은 담벼락 앞에 도착했을 때 적지 않은 사람들이 마중을 나와 있는 것을 볼 수 있었다.

긴 행렬이 멈추고 대류천가의 천세득 가주를 필두로 오대상회 총수들과 수행원이 줄줄이 마차에서 내려섰다.

편가연의 마차 옆에서 조금도 떨어지지 않고 따라 움직였던 외수도 말에서 조용히 내렸다.

"어서 오시오. 초빙에 응해주셔서 감사합니다. 남궁산이라 하오."

각 총수들을 안내할 아랫사람과 같이 나와 섰던 남궁산이 먼저 인사를 했다.

"아니오, 남궁 가주! 뜻밖이긴 했으나 오히려 이런 자리에 불러주어 우리가 영광이오. 자, 이쪽은 오대상회 총수들과 위지세가의 사람들이라오."

가장 연장자인 천세득이 다른 인물들까지 직접 소개를 하자 남궁산이 다시 한 번 정중히 인사를 했다.

"먼 길 오시느라 고생들 하셨습니다. 저희 남궁세가에 온 걸 환영합니다."

엄청난 위상을 가진 남궁산임에도 겸손함에 한 치 빈틈이 없었다.

"자, 이쪽으로 드십시오. 우리 아이들이 안내할 것입니다. 여장을 풀고 난 뒤 다시 뵙겠습니다."

"고맙소."

천세득이 가장 먼저 남궁세가 안으로 발을 들여놓고 차례대로 안으로 들어가자 외수도 말의 고삐를 위사에게 넘기고 편가연을 따라 움직였다.

위사들이 다 들어갈 순 없어 호위장 담곤이 대여섯 명만 따르게 하고 나머지 인원은 인근 객관에 머물게 했다.

앞서가는 사람들을 따라 세가 안으로 들어서자 깨끗한 청석이 깔린 연무장이 곳곳에 보였다. 건물 역시 많았으나 극월세가와는 달리 오래되고 소박한(?) 건물이 질서 있게 자리하고 있을 뿐이었다.

오대상회 총수들은 별원으로 보이는 곳의 각각의 건물로 나누어 안내되었는데, 편가연이 들어간 건물엔 다섯 개의 방이 있었고, 구조 역시 간단했다.

외수는 별원 곳곳에 경계를 서는 자들을 확인하고 과연 무가답다고 생각했다.

사월이와 시시가 편가연의 여장을 풀고 나자 대기하고 있던 자가 다시 내원으로 안내했고, 외수는 편가연이 같이 갈 것을 원해 시시와 함께 남궁세가 본청으로 향했다.

오랜 역사가 느껴지는 세가의 주 건물들.

"하하, 천하의 금력을 아우르는 대부호님들 앞에 꺼내놓기 민망하지만 와주신 노고에 보답하기 위해 정성껏 음식과 술을 준비했습니다. 모자람이 없었으면 좋겠습니다."

"우리라고 먹는 게 다르겠소. 과분하기만 하오, 남궁 가주! 허허허!"

천세득의 화답에 남궁산이 만면에 웃음을 머금었다.

"하하, 그리 말씀해 주시니 감사합니다. 자, 다들 앉으십시오."

긴 탁자 위에 가득 차려진 음식들. 시중을 드는 사람들도 있어 직접 옆에서 차와 술을 따라주기까지 했다.

편가연과 나란히 앉은 외수는 여기에서도 위지세가 두 형제의 눈길을 느낄 수 있었다. 그리고 대놓고 뚫어지게 쳐다보는 보성염가의 염설희라는 늙은이도 거북하기만 했다.

식사 중에도 웃음 섞인 대화는 쉼 없이 이어졌다. 대체로 의례적이고 상투적인 인사말과 칭찬의 말들이 대부분. 그러나 외수는 그 모든 것은 무시하고 남궁세가의 가주이자 검왕이라는 남궁산에게만 가끔 눈길을 주었다.

절대고수의 한 사람이라는 그의 무위가 궁금해서였다. 그의 검공, 그가 지닌 공력이 어느 정도인지 한 번 실감해 보고 싶었다.

무림삼성을 위시한 낭왕 염치우, 그리고 절대노인 같은 몇몇 절대고수는 보았지만 그중에 가장 마음에 드는 인물이었다. 어딘지 헤픈 듯한 웃음을 흘리면서도 멋을 지닌 인간. 외모와 인상만큼이나 내면 역시 그와 같을 것 같은 사람. 단순한 행동들만 봐도 충분히 그럴 것 같았다.

"극월세가의 편 가주를 모시게 되어 영광이오. 음식은 입에 맞으시오?"

대화를 이어가던 중 비로소 남궁산이 편가연에 말을 걸었다.

"네, 가주님! 덕분에 맛있게 먹고 있습니다."

남궁산이 인사말을 이었다.

"근래 들리는 말이 많아 안타까워하고 있었소. 그 모든 고초를 이겨낸 듯해 참으로 다행으로 생각하오. 옆에 계신 분이 편 가주께 새 힘이 되어주실 분이오?"

"읍!"

하필이면 닭다리를 뜯어먹고 있을 때 말을 걸어 외수는 얼른 내려놓고 서둘러 입 안을 정리해야 했다.

"그렇습니다. 저와 혼례를 약속하신 분입니다."

"오, 맞아요. 듣자하니 근래 적잖은 살수 속에 뛰어들어 모두를 도륙하고 가주를 지켜냈다고 하던데 과연 비범하기 그지없소."

비범? 닭다리를 입 안 가득 물고 우적대는 꼴에 비범이라니. 외수는 그의 공치사를 믿지 않았다.

"난 남궁세가의 가주요. 젊은이, 앞으로 잘 부탁하겠소."

억지로 음식을 목구멍으로 넘긴 외수가 일어서서 허리를 숙였다.

"말씀 낮추십시오. 아직 아무것도 모르는 풋내기일 뿐입니다. 곤양 태생 궁외수라 합니다."

"오, 곤양의 궁외수! 내 그 이름 잊지 않을 테니 나 역시 기억해 주시게. 나중에 덕 좀 보게 말이오. 하하하핫!"

외수는 남궁산의 유쾌한 웃음 속에 다시 자리에 앉았다.

여전히 노려보듯 스쳐 가는 위지흔, 위지강의 눈초리.

그때 마침 남궁산이 두 형제를 거론했다.

"아참, 이번 대회에 위지람 가주의 두 자제분도 대회에 참가한다고 들었소."

"그렇게 되었소, 남궁가주! 녀석들이 워낙 무공에 대한 성화가 심해 말릴 수가 없었소. 이해해 주시오."

끝자리에 앉은 위지람이 겸손을 보이자 남궁산이 펄쩍 뛰듯 응답했다.

"이해라니, 당치않은 말씀을! 위지세가야 원래 뛰어난 무가잖소. 나 역시 오래도록 위지가의 검공에 탄복해 왔던 바요. 그 아까운 내력을 잇고 발전시켜야지 퇴화해서야 되겠소.
보아하니 두 아들이 아버지의 훌륭한 무골을 그대로 타고난
듯한데 좋은 성과를 기대하겠소."

"하하, 대문파의 후기지수들 사이에 끼어 창피나 안 당하
면 다행이요. 어쨌든 고맙소. 남궁 가주의 말씀을 기점으로
앞으로 더 정진할 수 있도록 다그쳐 보겠소."

"하하하, 겸손하시구려, 이미 뛰어난 인재들인 것을."

남궁산은 두 형제의 지닌 내력을 이미 알아보고 있다는 듯
말했다. 그리곤 한바탕 휘저은 남궁산의 웃음이 다시 외수에
게로 날아들었다.

"그나저나 극월세가의 대공자께선 이번 비무대회에 관심
이 없으신가?"

외수가 바로 반문했다.

"어떤 관심 말씀입니까?"

"대단한 무위를 지녔을 듯한데 대회에 참가하여 여러 방파
와 가문의 후기지수들과 한바탕을 어울려 보는 것 말일세. 교
분도 쌓고 좋은 경험도 될 터인데?"

뜻밖의 제의에 멀뚱해진 외수가 편가연과 시시를 쳐다보
았다.

집중된 시선들.

외수는 다시 남궁산을 보며 정중히 대답했다.

"하하, 말씀드렸듯이 저는 정말 풋내기일 뿐입니다. 그저

좋은 구경하는 것으로 만족하겠습니다."

"아, 그러신가? 아쉽군."

남궁산이 편가연에로 눈을 돌렸다.

"편 가주께선 어떻게 생각하시오? 향후 각계각층에서 천하를 이끌 젊은이들이 경연하는 자린데 장차 극월세가의 바깥 주인이 될 사람이 빠진다는 게 아쉽지 않소?"

끈질긴 남궁산이었다.

"여기 위지세가의 두 아들만 해도 다른 후기지수에 비하면 아직 어린 축에 드는 나이임에도 여러 인재들과 우의를 다지기 위해 나서지 않았소. 이렇소, 성과를 떠나 참가를 한 번 고려해 봄이?"

꼿꼿한 자세의 편가연이 가만히 듣고 있다가 조금의 망설임도 없이 바로 대꾸했다.

"대답은 이미 궁 공자님이 하셨습니다. 제 의지에 따라 움직일 수 있는 분이 아닙니다. 공자께서 그리 결정하셨다면 저의 생각은 무의미하기에 재차 대답드릴 수 없습니다."

"⋯⋯."

편가연의 대답에 남궁산이 말을 잃었다. 더 이상 말을 붙일 여지조차 없앤 깔끔한 대답. 남궁산이 웃음으로 무마했다.

"하하, 아쉽소. 요즘 시대 보기 힘든 젊은 영웅의 무위를 훔쳐 볼까 했는데 대회가 더 빛날 기회를 잃었구려. 하지만 참관 중에라도 언제든 마음이 바뀌면 말해주시오. 내 얼마든지 배려하겠소. 하하하하!"

편가연이 옅은 미소를 띤 채 살짝 고개만 끄덕였다.

반 시진 가량 이어진 만찬 자리. 외수는 여전히 남궁산을 비롯한 모두의 눈길을 듬뿍(?) 받았고, 마지막으로 따끈히 데워진 술 한 잔으로 가볍게 입 안 기름기를 없앤 뒤 자리에서 일어났다.

第七章

악연

상처 입은 맹수 같은 그가 무려 백여 명의 살수 앞에 서서 말했다.

"다 쓸어버리겠어!"

그러곤 정말 그는 피투성이가 된 상태에서도 끝끝내 다 쓸어버렸다.

내가 볼 때 그게 가능했던 건, 그가 지닌 무공보다 오로지 이기겠다는 정신, 그의 용맹무쌍한 '깡'이 부른 결과였다.

—극월세가 신입 위사 교육장에서 담곤이 한 훈시

"어머, 저기가 이번 대회가 진행될 장소인가 봐요."

별원으로 이동하던 중 시시가 멀리 보이는 너른 연무장을 발견하고 소리치듯 말했다.

몇 개의 층을 나눈 단상이 세워져 있고, 비무대 역시 광장 중앙에 반듯이 설치되어 있는 게 보였다. 의자와 탁자를 가져다 놓는 등 바쁘게 일하는 사람들과 벌써부터 몰려든 구경꾼들이 좋은 자리라도 찍어두려는 듯 이곳저곳 둘러보며 분주히 움직이고 있었다.

"아가씨, 공자님! 바로 별원으로 가지 말고 세가 안이나 좀 돌아보는 건 어때요?"

시시의 제안. 외수와 편가연은 동시에 서로의 얼굴을 쳐다보았다. 마치 어떡할 것이냐고 서로에게 묻는 듯이.

살짝 미소를 띠어 보인 편가연이 먼저 입을 열었다.

"공자님, 피곤하지 않으시면?"

외수는 서슴없이 고개를 끄덕였다. 쟁쟁한 명성의 남궁세가를 둘러보는 일인데 싫을 리가 없었다.

그동안 갑갑하게만 지냈던 편가연도 마찬가지였다. 사람들이 많이 몰려들었다고 해도 어느 정도 안심하고 다닐 수 있는 곳. 남궁세가의 경호 인력을 믿었다.

그런데.

투박한 박석이 넓게 깔린 길을 따라 좌우를 훑어보며 광장 쪽으로 걸음을 옮겨가고 있을 때 외수는 앞에서 누군가 자신을 빤히 쳐다보는 시선을 느끼고 서서히 걸음을 늦추었다.

"반야, 왜 그래?"

미기가 갑자기 멈춰선 반야를 돌아보며 의아해했다. 우두커니 서서 한 곳을 향해 고개를 갸웃거리고 있는 반야.

"무슨 일……?"

반야의 시선을 따라 고개를 돌린 미기는 인상부터 찌푸렸다.

궁외수. 그가 사람들 너머 멀리서 자신들 쪽을 똑바로 쳐다보며 걸어오고 있었기 때문이었다.

"뭐야, 저 인간이잖아?"

미기의 말에 반야가 즉각 반응했다.

"그 사람 맞죠?"

"뭐?"

반야의 반응이 수상한 미기가 목을 옆으로 빼며 다시 한 번 그녀를 살폈다. 그러고 보니 반야는 앞도 보이지 않으면서 남궁세가 안을 돌아다니는 동안 계속 고개를 이리저리 돌리곤 했는데 이제 보니 그것도 수상했다.

궁외수를 찾고 있었던 건가?

그렇다 해도 어떻게 그녀가 궁외수를 정확히 발견해 알아보고 있는 것인지 미기는 놀랍기만 했다. 분명 궁외수 쪽에서 먼저 부르는 소리도 없었는데.

여전히 걸어오는 궁외수의 방향으로 눈을 고정하고 있는 반야. 마치 너무나도 또록또록 잘 보이는 사람 같았다.

"뭐야, 저 인간 기다렸던 거야?"

수줍게 고개를 끄덕이는 반야. 그녀의 수줍음이 두 뺨에 잘 나타났다.

"신기하군. 어떻게 그를 알아보았지?"

"기운!"

"뭐, 기운?"

"저는 그가 가진 기운을 느낄 수 있어요. 그와 함께 말을 타고 그의 품… 해봤기 때문에요."

쑥스러운 듯 중간에 말을 먹어버리는 반야.

"그걸 나보고 믿으라는 거야? 무공도 익힌 적 없는 네가 그걸 어떻게 알아?"

"세상 만물은 다 기를 지니고 있어요. 어떤 것은 호랑이나 불처럼 강하지만 또 어떤 것은 나비나 꽃처럼 약하지요. 대부분의 사람들은 그 기운을 느끼지 못하고 살아요. 하지만 전 그것을 느낄 수 있어요. 궁외수 공자님의 기운은 무척 강하고 맹렬해요. 분출되는 기운이 폭발하지 못해 몸 안에 가둬져 팽창한 것처럼 격렬하고 아슬아슬해요. 전 한 번 느껴보았기에 그것을 감지할 수 있어요. 지금 누군가와 같이 오는군요. 그분의 기운은 물처럼 잔잔하고 봄볕처럼 따스해요. 그분 때문에 공자님의 기운이 아주 조금씩 상쇄돼요. 따스한 기운이 맹렬한 기운을 포용하는 거죠."

놀라움만 거듭하는 반야의 말에 미기는 어안이 벙벙했다.

"같이 오는 사람 누구? 오른쪽, 왼쪽?"

"전에 보았던 사람이에요. 시시라는 시녀 분!"

"……."

입이 다물어지지 않는 미기는 다시 걸어오고 있는 궁외수를 뚫어지게 쳐다보았다. 같이 오는 편가연과 시녀도.

"공자님, 왜 그러세요?"

편가연과 시시가 갑자기 인상을 굳히고 앞으로만 걸어가

는 외수를 보며 당황스러워했다.

"또 마주쳤군."

"네?"

그제야 고개를 돌린 시시도 영령공주와 반야를 확인하고
주춤했다.

"어머?"

"왜 그래, 시시?"

"아가씨, 저기! 전에 공자님을 찾아왔던 금평왕부의 공주
님이세요."

돌아보는 편가연.

"그녀가 왜?"

편가연의 안색도 어두워졌다.

"아마 공주 신분이기 전에 아미파의 제자이기도 하니
까……."

"음……!"

편가연이 수긍을 하고 고개를 주억거렸다.

"그런데 같이 있는 아인 또 누구야?"

"낭왕 염치우 대협의 손녀예요. 앞을 못 보는 맹인이구요.
얼마 전 공자님이 나쁜 자들에게 납치된 걸 구해준 적이 있어
요."

"앞을 못 보는 사람이라고? 공자님을 똑바로 보고 있는
데?"

"네. 그렇긴 하네요. 하지만 맹인이에요. 안타깝게도."

편가연과 시시가 멈춰 서 있는 사이 외수는 미기와 반야 앞에 섰다.

"또 만났군."

미기와 반야보단 최소한 한 뼘 이상 더 큰 외수.

그럼에도 반야는 감격에 겨운 듯 똑바로 올려다보았다.

"네, 궁외수 공자님! 또 만났네요."

"어쩐 일이야? 두 사람이 왜 여기 있어?"

퉁명스런 외수의 물음에 미기가 톡 쏘아붙였다.

"흥, 대문파의 제자와 낭왕의 손녀가 무슨 일로 여기 있겠어? 그걸 질문이라고 해? 멍청이!"

외수가 미기를 흘기며 말했다.

"나와 관련 있는 거면 노인네들 나오라고 해!"

바짝 가시가 돋친 외수의 반응에 반야가 천천히 고개를 떨구었다. 만남의 반가움을 가질 시간도 없이 순식간에 슬픔을 머금어 버린 얼굴. 그녀의 반가움도 고개 밑으로 숨어들고 말았다.

"어쭈? 야, 궁외수! 너 영감들 나오면 죽는다는 거 몰라? 네가 반야를 구해준 덕에 지금 참고 있는 거니까 까불 생각 말고 아무 짓도 하지 말고 그냥 조용히 숨죽이고 있다가 가! 손가락만 튕겨도 넌 그 영감들 이겨낼 수 없어. 바보야!"

"……."

외수는 미기를 노려보다가 고개를 숙인 반야를 보았다.

"몸은 괜찮아?"

"……."

반야는 고개를 들지도 대답을 하지도 못했다.

외수는 왜 그녀가 고개를 숙이고 있는지 알 수가 없었다. 장애가 있어도 당당하던 그녀였기에 더 어리둥절했다.

그러다가 외수는 발밑으로 떨어지는 반짝이는 눈물을 보았다.

"응?"

놀란 외수기 그녀의 양쪽 이깨를 와락 움켜잡았다.

"이봐, 무슨 일이야? 왜 그래?"

그제야 고개를 들어 외수를 보는 반야.

"죄송해요. 흑흑. 눈에 뭐가 들어갔나 봐요. 미안하지만 부탁 하나만 들어주실래요? 저 좀 도와주세요."

"뭐? 뭘?"

당황한 외수다. 눈망울 가득 눈물이 고여 있는데 어찌 당황스럽지 않을까.

"여기를 돌아보고 싶은데 공자님이 도와주세요. 돌아다녀도 공주님은 어디에 뭐가 있는지 설명을 안 해주세요."

"뭐뭣?"

이번엔 미기가 당황하며 휘청거렸다.

"난, 음……."

난감한 외수. 시시와 편가연이 뒤에 다가와 섰는데도 돌아볼 정신도 없었다. 고민을 하느라 외수는 잡고 있던 반야의 어깨를 일단 슬그머니 놓았다.

그러자 반야가 도망가는 외수의 소맷자락을 슬며시 움켜잡았다.

"엉?"

"제발요. 다른 귀찮은 일은 하지 않을게요."

"……."

외수의 약점은 이럴 경우 거절을 못한다는 것이다. 극월세가를 나왔을 때 시시에게 잡혔을 때도 그랬다.

외수는 결국 설명도 안 해주고 데리고 다닌 미기를 잔뜩 노려봐 주고 고개를 끄덕였다.

"알았어. 나도 처음 온 곳이지만 그렇게 해주지! 자, 소매를 놓고 팔을 잡아!"

어이가 없는 미기였다. 지금까지 그저 맹인을 이리저리 끌고 다니기 만한 나쁜 년이 되고 말았다.

"음, 어디로 갈까?"

"저쪽!"

반야가 마치 다 아는 것처럼 손을 뻗어 방향을 가리켰다.

외수는 피식 미소를 짓곤 양해를 구하듯 편가연과 시시를 돌아본 후 그녀가 가리킨 방향으로 천천히 움직였다.

졸지에 버려진 듯 남은 세 여인. 우두커니 반야와 외수를 볼 뿐인데, 둘이 나란히 걷는 모습이 마치 팔짱을 끼고 다정히 걸어가는 연인 같이 느껴졌다.

"이게 무슨?"

"어떻게 된 일이에요, 공주님?"

혼자 팔짱을 낀 채 삐딱한 자세로 서서 곰곰이 생각을 하던 미기가 의미심장한 얼굴로 중얼거렸다.

"고마워해! 반야 때문에 저 인간 목숨 건지고 있는 거니까!"

"……?"

편기언은 더 깊은 의문에 빠졌다.

하지만 시시는 그 말뜻을 바로 알아들었다. 그녀가 붙어 있으면 낭왕은 물론 무림삼성도 건들지 못할 것이란 말.

못마땅한 콧방귀를 뀐 미기가 불량스럽기 짝이 없는 그 자세 그대로 투덜투덜 외수와 반야를 뒤따라 걸어갔다.

바로 편가연이 시시에게 물었다.

"무슨 말이야, 시시? 그녀 때문에 궁 공자께서 목숨을 구하는 중이라니?"

"아가씨, 일단 조용한 곳으로 가요. 설명해 드릴게요."

시시는 멀어지는 외수와 반야를 놔두고 편가연과 함께 자리를 옮겼다.

*   *   *

외수는 천천히 걸음을 옮겨가며 이젠 눈물을 거둔 반야를 내려다보았다. 제법 표정도 어느 정도 원래의 모습으로 돌아가 있었다.

"이봐, 아까 왜 울었던 거야?"

넌지시 물어보는 외수.

반야가 슬며시 올려보며 웃었다.

"말해주면 여기 있는 동안 계속 저와 같이 있어주실래요?"

기가 막힌 외수.

"됐어! 웃는 걸 보니 말짱하구만 뭘. 난 또 나랑 상관있는 줄 알았잖아."

"여기서 다시 만나게 될 줄 몰랐죠?"

"넌 알았단 뜻이야?"

"호호, 공자님보단 먼저 알았죠."

"그런데 어떻게 날 보고 있었던 거야? 미긴가 그 녀석도 딴 데 보고 있던데?"

"호호, 비밀이에요."

"뭐? 혹시 진짜 보면서도 안 보이는 척하는 거 아냐?"

말하기가 무서웠다. 그 순간 반야의 발밑에 무언가 걸려 휘청 쓰러지는 그녀를 외수가 재빨리 부축해 안았다.

"이런, 미안해! 큰일 날 뻔했군."

"아아, 뭐였죠?"

"청석이 튀어나온 걸 못 봤어. 많이 아파?"

반야의 작은 신발이 벗겨질 정도의 충격이었다.

"잠깐 기다려!"

외수는 반야의 손을 놓고 얼른 신발을 챙겨 발로 가져갔다. 그런데.

"이런, 다쳤잖아?"

반야의 얇고 하얀 버선 위로 핏물이 아주 살짝 배어나고 있었다.

"발톱을 다친 것 같은데?"

미안해지는 외수다. 너무 평탄한 길이라 방심한 것이 이런 결과를 불렀다고 자책했다.

"괜찮아요. 신발을 신겨주세요."

외수는 핏물이 배어나는 버선 끝을 보고 있다가 신발을 들어 일어났다.

"안 되겠어. 이대론 걷지 못해!"

외수는 반야가 몹시 아프면서도 참고 있단 걸 알고 있었다.

외수는 바로 반야를 안아들고 주위를 두리번거렸다.

"어머?"

갑자기 공중에 두둥실 떠오른 반야가 어쩔 줄 몰라 했다.

"가만있어!"

외수는 마침 멀지 않은 곳에 간이의자가 있는 것을 발견했다. 사람들이 가끔 지나다니지만 그게 문제가 아니었다. 외수는 반야를 안은 채 바로 이동했다.

처음 안긴 것도 아닌데 반야는 또 부끄러워했다. 시큰거리는 발끝의 통증도 잊을 만큼 낯이 더 화끈거려 쏙 들어간 자라목을 했다.

"괜찮은데……."

"괜찮긴 뭐가 괜찮아. 피가 나는데."

"그래도 사람들이 보……."

반야가 신음하듯 부끄러움을 웅얼거리는 그때, 외수 앞으로 낯익은 자들이 마주섰다.

"어, 며칠 전 그때 그 친구 아니신가?"

비릿한 냉소. 뱀 같은 혓바닥. 백도헌과 당철영 등 객점에서 마주쳤던 그때 그 군상들이었다.

"뭐야? 왜 네가 여기 있지?"

"비켜! 사람 안고 있는 것이 안 보여?"

"당연히 보여! 그런데 반가움이 더 커서 말이야. 아, 오대상회가 대회 참관하러 왔다더니 거기에 따라온 거야?"

"……."

외수의 눈매가 차가워졌다.

"시비를 걸 작정이냐? 그렇다면 나중에 상대해 줄 테니 지금은 비켜!"

"천만에! 대극월세가의 부군이 되실 분에게 어떻게 감히 시비를 거나! 더구나 최근엔 수십 명의 살수까지 혼자 물리쳤

다는 엄청난 영웅담까지 자자하던데 그런 분을 상대로 우리
가 어찌. 흐흐흐, 우린 그냥 이제 모르는 사이도 아닌 데다 워
낙 유명해진 분이라 그냥 지나치기 그렇고 해서 반가운 척하
는 것뿐이라니까!"

여전히 능글대는 투의 백도헌.

외수는 그와 악연을 피할 수 없는 팔잔가 싶었다.

그때 외수의 품을 향해 있던 반야의 고개가 가만히 돌렸다.

"저기, 아까 인사를 나눴던 분들인가요?"

냉랭한 목소리. 얼굴의 표정도 그러했다.

"엉?"

눈이 튀어나올 듯이 휘둥그레지는 백도헌.

"나, 낭왕의······?"

그녀가 왜 궁외수와 같이, 더구나 그의 품에 안겨 있는지
백도헌으로서는 알 수 없었다.

"네, 맞아요. 화산파의 백도헌 님이라고 하셨던가요? 다친
거 안 보이세요? 왜 길을 막아 시비를 걸고 있는 거죠?"

"아, 그게 아니라······."

당황한 백도헌이 머뭇대는 사이 당철영을 제외한 청성파
의 천봉과 공동파의 송여범, 석중호 등이 슬슬 뒷걸음질을 치
며 물러나고 있었다.

"오해야! 안면이 있는 사람이라 인사나 하려고 그랬
던······."

낭왕의 이름이 주는 중압감과 공포는 대단했다. 콧대 높던 백도헌이 바로 꼬리를 내리는 꼴이라니. 무위도 무위지만 손녀와 관련된 낭왕의 화를 감당할 존재는 이 세상에 없다고 봐도 무방했다. 단독으로 화산파도 멸하겠다고 덤벼들 사람 아닌가. 이제 후기지수 티를 벗어나려는 백도헌으로선 더더욱 경기할 일이었다.

"많이 아파요. 비켜주세요!"

"아, 어, 그래! 어서 가!"

다른 자들과 달리 뒤늦게 허겁지겁 물러서는 백도헌. 조금 전의 기세는 어디가고 그 난처해하는 꼴이란 참으로 꼴불견이었다.

외수는 결코 반갑지 않은 후기지수들 사이를 유유히 걸어 원래 가려고 했던 간이의자가 있는 곳으로 이동해갔다.

뒤에서 똥 씹은 낯짝을 하고 있는 자들. 그들이 뱉을 수 있는 말은 한마디뿐이었다.

"젠장!"

외수는 나무로 만들어 놓은 긴 간이의자에 반야를 앉혀놓고 그녀의 발을 살폈다. 다행히 피는 더 묻어나지 않고 있었다.

"확인해 봐야겠어!"

"안 돼요!"

외수가 버선을 벗기려 하자 반야가 비명에 가까운 소리를 지르며 손을 내저었다. 여인에게 발목이란 혼인한 남편이 아니고선 보여줘서는 안 되는 것이기 때문이었다.

물론 외수도 안다. 하지만 외수는 아랑곳하지 않았다.

"시끄러! 가만있어! 내 부주의로 다쳤잖아. 심하면 당장 손써야 돼!"

"……."

외수가 결국 버선을 벗겨가자 반야는 질끈 눈을 감고 고개를 돌려 버렸다.

발바닥을 반친 외수 손의 감촉. 간지럽기도 하고 거칠단 느낌도 있고.

"다행이 발톱이 잘못되진 않았네. 하지만 한동안 걷는데 지장이 있을 거야. 내가 천으로 묶어줄 테니까 다친 발끝을 들고 살금살금 내딛도록 해. 가급적이면 움직이지 말고. 당장은 신발도 안 신는 게 좋겠어."

특히 앞도 못 보는 그녀라 외수가 내린 처방이었다.

외수는 입고 있는 옷 중 고운 부분을 찢어 반야의 발톱이 쓸리지 않도록 꽁꽁 동여맸다.

반야는 발가락 사이로 외수의 손이 스칠 때마다 간지러움을 견디기 힘들었지만 이를 악물고 참아냈다.

그러나 그녀는 즐거웠다. 묘안이 머릿속을 맴돌고 있었기 때문이다.

결국 외수가 버선을 다시 신길 때쯤 반야는 최대한 처연한 표정과 슬픈 목소리로 입을 열었다.

"어떡하죠?"

"뭘?"

외수는 버선만 신긴 채 반야의 신발은 집어들고 그녀 옆으로 앉았다.

반야는 음흉하고 깜찍한 생각을 숨기려 외수와 고개를 반대로 돌린 채 말했다.

"내일부터 시작하는 비무 대회 구경해야 하는데 걸을 수가 없으니 말이에요. 할아버진 대회 참관자로 참석해야 하고 고귀한 신분이신 공주님께서 폐를 끼칠 수도 없고."

"어이, 이봐? 그게 말이 돼? 너 봉사야!"

"흥, 맹인이라고 비무 구경 못하나요? 전 다 느낄 수 있다구요!"

"장난해? 바로 옆에 있는 사람도 아니고 뭘 느끼겠단 건데?"

반야가 고개를 홱 돌려 외수를 째려보았다.

"아까 제가 공자님을 어떻게 알아볼 수 있었을까요?"

"뭐?"

"아까 그 백도헌이란 화산파 사람, 그와 싸워봤어요?"

"뭐, 약간!"

"저는 그와 공자님이 싸우면 누가 이길지 알 수 있어요. 공자님이 이겨요."

씩씩한 확언.

"어떻게 알… 아."

"공자님의 기운이 그보다 훨씬 강하고 사나워요. 그리고 공자님은 그가 가지지 못한 아주 견고한 기운도 따로 가지고 있어요. 저는 소리만 느끼는 게 아니에요. 사람이 흘리는 기운으로 그가 지녔거나 앞으로 갖출 힘까지도 느낄 수 있어요. 사람이 왜 맹수를 마주치면 두려워하는지 아세요? 그건 사람의 기운이 맹수보다 약하기 때문이에요. 반대로 토끼를 마주하면 토끼가 도망가는 것과 같은 이치죠. 만약 맹수보다 강한 기운을 가진 사람이라면 당연히 맹수가 도망가겠죠. 그런 사람이 종종 있는데 우리 할아버지나 공자님 같은 사람이에요. 아까 화산파의 백도헌은 짖을 줄밖에 모르는 떠돌이개 정도의 기운밖에 안 돼요. 공자님은 그에 비하면 범의 기운과 같죠. 그러니 당연히 싸워봤자 결과는 뻔해요."

"……."

외수는 골이 띵했다. 도대체 반야라는 이 아이를 어떻게 받아들여야 될지 어지럽기만 했다.

"그, 그래서 어쩌라고?"

"저도 구경할 수 있으니까 무시하지 말라고요."

"아, 알았어. 원하는 게 뭐야?"

"발이 나을 때까지 절 비무장까지 데려다줘요."

잠시 생각하던 외수가 마지못해 대답했다.

"그것만 하면 돼?"

"당연히 안 되죠. 돌아올 때도 데려다 줘야죠."

"으이그, 알았어!"

외수는 문제없다고 생각했다. 어차피 대회가 시작되면 편가연은 귀빈 참관석에 가 앉아 있어야 할 것이고 그 시간에 굳이 따로 할 일도 없었다.

"약속하신 거예요?"

"어디로 데리러 가면 돼?"

"히히, 별당 앞으로 와주세요. 문 앞에서 기다릴게요."

외수는 반야의 즐거워하는 엉큼한 웃음을 보며 뭔가 낚인 것 같단 느낌을 지울 수 없었다.

그때 미기가 나타났다.

"둘이 뭐해? 소꿉놀이해?"

"뭐?"

"호호. 아니에요, 공주님! 발을 조금 다쳐서."

"아주 얼굴에 꽃이 폈군. 그렇게 좋아? 이 괴물하고 같이 있는 게?"

"뭐?"

외수가 연신 미기를 쏘아보았다.

"목석이야 뭐야? 사낸 다 이래? 진짜 바본가?"

"공주님, 어서 가요. 할아버지께서 기다리겠어요."

반야가 외수의 손에서 신발을 빼앗아 들고 서둘러 일어나 미기의 팔을 붙잡았다.

외수가 따라 일어났다.

"됐어. 오늘은 특히 걷기 힘들 테니까 내가 데려다 줄게. 앞장서!"

"어머!"

다시 반야를 안아 들어버린 외수. 마치 어린아이 낚아채듯 너무나 가벼웠다.

미기가 입을 삐쭉였다.

"이러니 반하지!"

"뭐?"

외수가 또 눈을 동그랗게 뜨고 쳐다보자 미기는 아예 말을 말잔 듯 손을 내저었다.

"됐네. 으이그, 이 바보 천치 머저리!"

                    *   *   *

남궁세가 별원 연못가.

"뭐라고? 그래서 그들이 공자님을 해치려 쫓아다닌단 말이야?"

시시의 설명을 듣고 낯빛이 허옇게 질려 버린 편가연이었다.

시시는 지금까지 무림삼성과의 관계, 낭왕까지 추가된 상황을 대체로 빠짐없이 설명해 주었고, 편가연은 믿을 수 없단 표정의 반복이었다.

천하의 무림삼성과 낭왕까지 합세해 젊은 사람 하나를 못 죽여 안달이라니. 그걸 어떻게 믿을 수가 있으랴. 더구나 자신의 정혼자, 극월세가의 주인이 될 사람을.

편가연은 무림에 대한 분노와 배신감으로 치를 떨었다.

"그 늙은이들 어디 있지? 당장 만나야겠어! 천하에 알려 세상에 고개도 들고 다니지 못하게 만들어 버릴 거야!"

편가연이 벌떡 일어났다.

시시가 저지하고 나섰다.

"아가씨, 침착하세요. 화나신다고 성질대로 하면 안 되는 일입니다."

"말도 안 돼! 어떻게 그럴 수 있지? 넌 왜 그런 사실을 이제야 말하는 거야? 그 노괴들이 지금 여기 와 있는 것도 공자님을 해할 목적일 수도 있단 거잖아?"

"죄송해요, 아가씨! 그동안 공자님이 잘 대처해 오셨기에 더 이상 별일 없을 줄 알았어요. 어쨌든 그들은 상대하기엔 너무 벅찬 인물들이에요. 그것보다 그들이 공자님을 건들지 못하게 하는 방법은 아가씨와 공자님이 하루속히 혼례를 올리고 천하에 공표해 버리는 거예요. 천하가 다 알 만큼 아주 성대하게요."

편가연이 화를 삭이지 못하면서도 고개를 끄덕였다.

"음, 그래! 물론 그래야겠지만 그전에 수작을 부릴지 모르니 당장 만나서 따져야겠어. 극월세가가 위태로운데 거기다 더 기름을 부어대는 꼴이잖아. 그게 전통의 명문이자 대문파의 존장이 할 짓이야? 못 참아! 앞장서, 시시! 당장 그들을 만나봐야겠어!"

편가연이 펄펄 끓었다. 외수도 외수지만 극월세가를 더 나락으로 떨어뜨릴 수작을 꾸미고 있다니 그녀로선 도저히 참을 수가 없었다.

"그나저나 무결 오라버닌 어디 있지?"

"아마 바깥의 객관에 머물며 아직 안 들어오신 게 아닐까요?"

편가연은 이럴 때 편무결의 도움이라도 있었으면 하는 마음이 간절했다. 섬서 편씨무가가 무림세가인 만큼 또 다른 힘이 될 수도 있단 생각에서였다.

결국 편가연은 시시를 앞세우고 별원을 나섰다. 남궁산을 만나 네 늙은이의 거처를 묻고 그와 함께 따지러 갈 생각이었다.

한데 본청으로 향하던 길에서 잠시 엉뚱한 자들에게 발목이 잡히고 말았다.

"거기 잠깐만! 어이쿠, 극월세가의 편 소저시구려."

대뜸 아는 척을 하는 자들. 편가연의 인상이 일그러졌다.

"누구신지?"

"하하하, 화산파의 백도헌이라 하오. 여긴 당문의 당철형 형제, 그리고……."

어김없이 일당처럼 어울려 남궁세가 안팎을 몰려 돌아다 니고 있는 자들.

편가연이 바로 그들의 말을 끊었다.

"잠깐만요. 죄송하지만 제가 바빠서 그러는데 저와 면식이 있는 분들인가요?"

다소 경직된 듯한 말투에 백도헌이 조금 당혹스러워했다.

"아, 딱히 깊은 면식이 있는 것은 아니나 소저께서 워낙 유 명……."

"잠깐만요. 바쁘다고 말씀드렸으니 이해해 주시리라 믿어 요. 대화는 다음에 하도록 하죠. 그럼 이만!"

편가연이 살짝 목을 까닥여 보인 후 자리를 뜨려했다. 하지 만 백도헌의 언사에 다시 걸음을 우뚝 멈춰야만 했다.

"너무 하시는구려. 편가연 소저!"

싸늘한 눈매로 돌아보는 편가연.

"무엇이 너무한다는 말이죠?"

"어렵게 인사를 건넨 사람들에게 짧은 인사조차 받지 못한 다는 건 말이 안 되잖소. 그건 명백히 우리와 우리가 소속된 사문까지 무시한단 뜻 같은데, 정녕 그러한 것이오?"

편가연은 어이가 없었다.

"분명히 인사를 나눌 틈이 없어 다음에 보잔 양해부터 구했을 텐데요? 지금 당신들은 나를 상대로 억지를 부려보자는 것인가요? 구대문파 사람은 당신들처럼 원래 다 이렇게 경우가 없어요?"

명백한 노기가 가시바늘 같이 백도헌 등에게로 쏘아졌다. 그러잖아도 화가 난 편가연이 지금 얼마나 분노하고 있는지 알만했다.

지금 명문정파라는 세력들에 대해 증오에 가까운 화가 난 것을 알 리 없는 백도헌 등의 눈자위가 시퍼렇게 실룩였다.

"방금 구대문파라 했소?"

백도헌도 모조리 싸잡아 말하는 편가연의 태도에 바로 날을 세웠다.

"그래요! 이게 무슨 경우죠? 고작 인사 따위 나누자고 바쁘다는 사람을 잡고 있다니? 이렇게 함부로 해도 되는 거예요? 과연 그런지 당신들 사부께 여쭤봐야겠군요. 당신들 이름이 뭐라고 했죠? 백도헌? 그리고 당신은 이름이 뭐죠?"

백도헌이 움켜쥔 주먹을 부들부들 떨었다. 오늘 아무래도 일진이 잘못 걸린 날 같았다. 화산파라는 이름만 대도 다들 껌뻑 죽는 게 당연한 일이거늘 오늘 만난 인간들은 전혀 그렇지 않으니 뭔가 비비 꼬이는 느낌이었다.

"그렇게 화내지 마시오. 우린 조금 전 당신의 정혼자라는 자가 다른 여인을 안아들고 있는 것을 보고 오는 길이라 그것을 알려주려고 했을 뿐이오."

"당신들 할 일이 그렇게 없나요? 보아하니 이번 대회에 참
가한 각파의 제자들 같은데 비무를 위한 노력 대신 남의 정혼
자 뒤나 쫓아다니러 왔나요?"

"이보시오, 편 소저! 말이 과하잖소."

결국 노성이 터졌다.

그렇다고 꺾일 편가연이 아니었다.

"낭왕의 손녀분과 같이 있는 것을 본 모양인데 마침 그것
도 낭왕에게 가서 확인해야겠군요. 당신들이 그러더라고. 당
신의 손녀가 남의 정혼자나 노리는 계집이냐고!"

얼굴이 시뻘게진 백도헌.

"편 소저! 억지 부리지 마시오. 언제 우리가……."

여기서 꺾이면 안 된단 생각에 사로잡힌 백도헌이 마주쳐
발끈하는 그 순간에 건장한 그림자 하나가 장포를 펄럭이며
그들을 향해 걸어오고 있었다.

장포 속 허벅지 옆으로 늘어뜨린 칼. 그 칼자루를 단단히
움켜잡은 손. 시뻘건 살기가 드리워진 무시무시한 표정. 반야
를 데려다주고 돌아오는 궁외수였다.

"……."

마치 황혼이 깔리는 저녁 무렵 저승사자가 걸어오는 듯한
그의 모습에 백도헌 등 후기지수들이 잠시 움찔했다.

"참 여러 번 걸리는 종자들이군. 거기다 못나기 그지없는

후레자식들이고. 싸울 사람이 없어서 여자랑 싸워?"

외수의 지껄임은 마치 지옥성(地獄聲) 같아서 소름을 돋게
했다.

"아까 못 다한 인사를 마저 나눠볼까."

"뭐야?"

백도헌이 바로 검을 뽑았다. 외수가 흘리는 살기 때문이었
다.

"방금 네놈 뭐라고 지껄인 게야? 종자? 후레자식?"

"푸후훗, 귀가 썩진 않았군. 그렇다. 분명히 방금 그렇게
지껄었다. 틀림없이 그렇게 지낄였지! 그런네, 백도헌이라고
했나? 네놈만으론 충분치 않아. 다른 놈들도 뽑아! 이 자리에
서 목을 모조리 목을 따줄 테니까! 자꾸 부딪치는 악연, 끝을
내자고. 아니, 그것만으론 부족할지도 모르겠군. 내 성에 차
지 않아. 정확히 팔다리 머리 몸통을 다 분리해 죽여주겠
다."

어처구니가 없었다.

정말 사신(死神)의 지껄임 같았다.

백도헌이 눈을 부라린 채 한 걸음 물러났다.

백도헌의 코앞까지 와서 선 외수.

"공… 자님?"

시시가 중얼거렸지만 백도헌에게 박힌 외수의 눈은 돌아
가지 않았다. 칼자루를 거꾸로 움켜쥔 채 상대에게 어서 뽑으

라고, 어서 시작해 보라고 종용하는 듯한 공격적인 자세.

그러나 백도헌의 뽑힌 검은 꼼짝을 못했다. 한 번 싸워보았
었지만 그 후에 들은 소문으로 인해 자신과 싸우던 당시엔 부
상 중이었고, 삼십여 명의 살수를 혼자 감당해 낼 정도의 무
력을 지녔다는 사실이 섣불리 검을 놀리지 못하게 만들고 있
었다.

완전히 기에 눌려 꼼짝도 못하는 상황. 그때 중후한 목소리
가 끼어들었다.

"무슨 짓들이냐?"

십여 명의 중년인이 몰려오고 있었다.

그중 맨 앞에 선 자, 화산파 이대제자 화산신검 문여종이었
는데 고함을 내친 자는 바로 그였다.

"사, 사백?"

당황한 백도헌이 한 걸음 물러났다.

각파의 이대제자들과 동시에 나타난 문여종. 후기지수들
이 우물쭈물하며 앞 다투어 머리를 조아렸다.

"사숙!"

"사백!"

"무슨 일이냐니까!"

문여종의 노화가 던져지는 그 순간 편가연이 나섰다.

"마침 잘 오셨군요. 화산파의 스승이시겠군요."

"그대는?"

문여종이 의심스런 눈초리로 편가연을 보았다.

"극월세가의 편가연이에요."

"오, 편 가주였군! 그런데 이게 무슨 일이오?"

"저기 있는 백도헌이란 제자께서 제게 억지스런 시비를 걸더군요. 세세한 내용까지 소상히 말씀드릴 수 있으나 귀 파의 위상을 생각해 일단 생략하겠습니다. 하여 시비가 붙었고 여기 계신 궁 공자님이 나서셨습니다. 싸움이 시작되려는 일촉즉발의 순간에 여러분이 등장하셨고, 지금 제자들이 물러서고 있는 중입니다. 전 제가 당한 수모를 사과 받고 싶은 생각이 전혀 없습니다. 단지 사문을 대표하는 여러분들의 처벌이 어떠할 것인지 확인하고 싶습니다."

"음!"

답답한 신음을 삼키는 문여종. 당차고 조리 있는 편가연의 말에 대꾸할 말조차 생각이 나지 않았다.

문여종은 고개를 떨어뜨리고 있는 백도헌을 노려본 후 편가연에게 말했다.

"편 가주께선 어찌했으면 좋겠소?"

"처벌은 이들을 가르친 여러분들의 몫입니다. 제가 관여할 부분이 아니지요. 제가 맡겨드렸는데 어찌 제게 되물으십니까?"

"물론 확실히 전후를 확인한 다음 죄가 있으면 사문으로 돌아가 냉정히 단죄할 것이오. 한데 편 가주의 표정을 보아하니 그래도 풀지 못한 응어리가 남은 듯해서 물어보았던 것이오."

"제 응어리 따윈 신경 쓰지 말고 아무에게나 시비를 거는 제자들이나 잘 단죄해 주세요. 그럼!"

편가연이 말귀를 못 알아듣고 질질 끄는 그와 더 이상 말을 섞고 싶지 않다는 듯 돌아섰다.

그러자 문여종이 바로 불러 세웠다.

"잠깐!"

노련한 자답게 겉으론 드러내지 않았으나 기분이 몹시 상한 문여종이었다. 극월세가의 총수라 해도 새파랗게 어린 계집에게 말싸움으로 졌다는 게 드높은 자존심을 상하게 했다.

"아까 일촉즉발의 상황이었다고 했는데……."

문여종이 말을 머금고 있자 편가연이 되물었다.

"그래서요?"

"그 싸움을 시켜 버리면 어떻겠소?"

문여종의 의도는 확연했다. 무림 대문파의 위세로 상가인 극월세가를 겁을 줘보겠다는 행동.

그걸 편가연이나 시시, 궁외수가 모를 리 없었다.

편가연은 돌아서 냉정한 눈초리로 대꾸했다.

"자신하시나요? 싸움을 하게 만들고 이길 자신 있으신가요?"

비릿한 웃음을 머금는 문여종.

"편 가주께선 어떻소?"

"도사님! 장담하는데 여기 있는 당신네 제자 모두가 한꺼번에 덤벼도 궁 공자님을 결코 당해내지 못해요. 모르죠. 옷깃 정도는 건드릴 수 있을지. 만약 믿지 못하시겠다면 싸움을 허락하세요. 저는 반대하지 않습니다."

편가연이 완전히 문여종을 보고 다시 돌아섰다. 싸움에 응할 준비가 되었다는 뜻.

생각지도 못한 반발에 문여종이 이러지도 못하고 저러지도 못하는 상태로 편가연만 노려보며 입을 꿰매버렸다.

'영악한 계집, 싸움을 못 시킬 줄 알고 간악하게 굴나니. 빠드득!'

"어떤가요? 도사님께서 명령을 못 내리시겠다면 제가 내릴까요? 시작하라고?"

"……"

거침없는 편가연. 여전히 대꾸를 못하는 문여종.

"궁 공자님, 죄송해요. 이런 상황을 만들어서. 하지만 저에게 무례하게 군 저들, 궁 공자님께서 후레자식이라고 한 저들을 저는 솔직히 단죄하고 싶어요. 제 화를 대신해 싸워주시겠어요?"

편가연의 말에도 여전히 백도헌을 노려보고 있는 외수가 이죽거리듯 대답했다.

"말했잖아. 자꾸 부딪치는 악연! 이 자리에서 갈기갈기 찢어 죽여 버리고 싶다고."

"뭐뭣?"

외수의 잔혹하기 짝이 없는 발언에 문여종뿐만 아니라 청
성파와 공동파의 이대제자들까지 놀라며 당황했다.

편가연이 문여종을 쏘아보며 다시 말을 이었다.

"궁 공자님의 의사까지 확실히 확인되었네요. 이제 도사님
이 결정을 하시죠. 어차피 중간에 나타나 이 싸움을 깨트린
장본인이시니까!"

편가연의 말이 끝나기 무섭게 문여종의 손이 머리를 조아
린 백도헌에게로 향했다.

짜악!

강렬하게 휘감기는 따귀. 얼마나 드셌는지 살갖이 찢어지
는 소리가 난 듯했다.

신형이 뒤집히며 벌렁 뒤로 나자빠지는 백도헌.

문여종이 백도헌을 보려보며 분노를 표출한 후 편가연을
돌아보았다.

"편 가주! 정중히 사과하겠소. 제자를 잘못 가르친 존장의
죄요. 용서하시오. 이놈들은 사문으로 돌아가는 즉시 응당한
처벌을 내리겠소."

"그러세요, 그럼! 공자님, 그만 노기를 거두시고 가는 게 좋
겠군요. 만약 다음에도 이런 일이 생기면 그때 푸세요."

편가연의 말에 시시가 얼른 외수의 소맷자락을 잡아끌었다.

어쩔 수 없이 끌려가는 외수.

뒤에 남은 문여종이 죽일 듯이 노려보며 바들바들 떨기만
했다.

*　　　　*　　　　*

무림삼성과 낭왕 염치우가 머무는 별당.

해가 넘어가고 있는 시간 그들을 찾아온 남궁산이 네 사람
앞에 앉았다.

"거절했단 말이지?"

"예, 궁외수 그 친구뿐만 아니라 극월세가 가주도 찬성하
지 않았습니다."

"으이그, 어떻게 해서든 참가하게끔 만들어보라니까 그것
도 못해?"

구대통의 짜증을 낭왕이 제지했다.

"됐소. 어차피 예상한 바가 아니요. 검왕이 무슨 잘못이오.
내 계획대로 갑시다."

그 순간 남궁산의 눈초리가 번뜩였다.

"낭왕 선배? 계획이라니, 따로 준비한 게 있단 말씀이오?"

남궁산이 바짝 당겨 앉았다.

비릿한 웃음을 흘리는 낭왕.

"그래, 여기 있는 동안 내내 준비했지. 궁외수 그놈뿐만 아

니라 후기지수 모두가 눈에 불을 키고 덤벼들 만한 미끼!"

"네?"

"조급하게 굴 것 없어. 어차피 내일 비무가 시작되면 알게
될 테니까! 후후후!"

당금 무림 최강자 중 한 사람, 낭왕 염치우의 회심에 찬 미
소가 심장을 후벼 파는 비수처럼 더없이 날카롭게 흘렀다.

『절대호위』 4권에 계속…

『궁귀검심』, 『장강삼협』의 작가 조돈형
그가 그려내는 새로운 이야기!

무림삼비(武林三秘)

천외천(天外天), 산외산(山外山), 루외루(樓外樓).

일외출(一外出), 군림천하(君臨天下)!
이외출(二外出), 난세천하(亂世天下)!
삼외출(三外出), 혈풍천하(血風天下)!

가문의 숙원을 위해, 가문을 지키기 위해
진유검, 무림의 새로운 질서를 세우다!

무경 新무협 판타지 소설

暗

암제귀환록

FANTASTIC ORIENTAL HEROES

마흔에 이르기도 전에 얻은 위명.
암제(暗帝).

무림맹의 충실한 칼날이었던 사내.
그가 무림맹 최후의 날에
모든 것을 후회하며 무릎을 꿇었다.

"만약 그때로 돌아갈 수 있다면……."

사내의 눈이 형용할 수 없는 빛을 토했다.

"혈교는 밤을 두려워하게 될 것이다."

Book Publishing CHUNGEORAM

유행이 아닌 자유추구 -
WWW.chungeoram.com

Sanctum
생텀

이영균 판타지 장편 소설

FUSION FANTASTIC STORY

취재 현장에서 맞닥뜨린 녹색 괴물.
그리고 무혁은 한 번 죽었다.

죽음에서 깨어난 무혁에게 다가온 것은
숨겨졌던 이세계, 생텀의 존재였다!

현대에 스며든 악신 투르칸의 잔인한 손길.
생텀에서 온 성녀 후보 로미와 도멜 남작을 도우며
무혁의 삶은 점차 비일상에 접어드는데……

이계와의 통로는 과연 우연인 것인가?
생텀(Sanctum)의
진정한 의미를 찾아라!

Book Publishing CHUNGEORAM

유행이 아닌 자유추구
WWW.chungeoram.com

말년병장, 이등병되다!

에바트리체 장편 소설

FUSION FANTASTIC STORY

대한민국 남자라면 알고 있을 바로 그 이야기!

『말년병장, 이등병 되다!』

전역을 코앞에 둔 말년병장, 이도훈.
꼬장의 신이라 불리던 그가 갑자기 훈련병이 되었다?!

"…이런 X같은 곳이 다 있나!"

전우애 넘치는 군인들의
좌충우돌 리얼 군대 이야기!

Book Publishing CHUNGEORAM

유행이 아닌 자유추구 -
WWW.chungeoram.com

현대백수 장편 소설

FUSION FANTASTIC STORY

간웅

뇌성벽력이 치는 어느 날!
고려 황제의 강인번을 들고 있던
어린 병사가 낙뢰를 맞고 쓰러졌다.

하지만… 다시 눈을 뜬 이는
현대 대한민국에서 쓸쓸히 죽은
드라마 작가 지망생.

고려 무신 시대의 격변기 속에서 눈을 뜬 회생[回生].
살아남기 위해! 죽지 않기 위해!
그의 행보로 인해 고려는 서서히
변하기 시작하는데……

치세능신 난세간웅(治世能臣 亂世奸雄)!

격동의 무신 시대!
회생, 간웅의 길을 걷다!

Book Publishing CHUNGEORAM

유행이 아닌 자유추구 -
WWW.chungeoram.com

절정고수들이 하늘 높은 줄 모르고 질주하는 현 세상.
서른여덟 개의 세력이 서로를 견제하는 혼돈의 시대.

그 일촉즉발의 무림 속에
첫 발을 디딘 어린 소년.

"나는 네가 점창의 별이 되기를 원한다."

사부와의 약속을 지키고
난세로 빠져드는 천하를 구하기 위해
작은 손이 검을 들었다!

박선우 新무협 판타지 소설 FANTASTIC ORIENTAL HE

풍운사일

Book Publishing CHUNGEORAM

내일을 향해 쏴라

김형석 장편 소설

FUSION FANTASTIC STORY

1만 시간의 법칙!
'성공은 1만 시간의 노력이 만든다'는 뜻이다.

그러나…
사회복지학과 복학생 수.
전공 실습으로 나간 호스피스 병동에서
미지와 조우하다.

1만 시간의 법칙?
아니, 1분의 법칙!

**전무후무한 능력이 수에게 강림하다!
맨주먹 하나로 시작한 수의
인생역전이 시작된다!**

Book Publishing CHUNGEORAM

청어람이기자이주주
WWW.chungeoram.com

한량 아버지를 뒷바라지하며
호시탐탐 가출을 꿈꾸던 궁외수.

어린 시절 이어진 인연은
그를 세상 밖으로 이끄는데…….

"내가 정혼녀 하나 못 지킬 것처럼 보여?"

글자조차 모르는 까막눈이지만,
하늘이 내린 재능과 악마의 심장은
전 무림이 그를 주목하게 한다.

"이 시간 이후 당신에겐 위협 따윈 없는 거요."

무림에 무서운 놈이 나타났다!